Lija Hope
Fake New Work

Lija Hope

FAKE NEW WORK

Vom Ohnmacht überwinden in der neuen Arbeitswelt

Bibliografische Information der Deutschen Nationalbibliothek: Die Deutsche Nationalbibliothek verzeichnet diese Publikation in der Deutschen Nationalbibliografie; detaillierte bibliografische Daten sind im Internet über http://dnb.dnb.de abrufbar.

Verlag: BoD · Books on Demand GmbH, In de Tarpen 42, 22848 Norderstedt

Druck: Libri Plureos GmbH, Friedensallee 273, 22763 Hamburg

ISBN: 978-3-7597-7741-6

Für Raffael

Inhalt

Der Anfang vom Ende und vom Anfang

Die Sonne scheint. Ein schöner Morgen, glitzernd mit kleinen funkelnden Lichtern aus Tau und Sonne auf den hellgrünen Gräsern. Überall. Man hat sich die Mühe gemacht, über Nacht unzählige Tropfen so zu verteilen, dass wir jetzt eine Glitzerwelt genießen dürfen. Es schaut aber keiner, niemand ist unterwegs. Drei Grad, Mitte April. Ich renne über die Felder, fühle mich wohl.

Es geht mir so gut wie schon lange nicht mehr, habe Energie. Teils auch Energie, die aus Wut kommt. Oder aus Verzweiflung? Seit langem laufe ich hier über die Feldwege. Damals bin ich vor Angst gelaufen, der Angst davon, mit der Angst, um die Angst abzubauen, um das ohnmächtige Gefühl zu überwinden. Dem Ausgeliefertsein entkommen, damals in der Anfangszeit der Pandemie. Aber die Pandemie war nicht das Problem, jedenfalls nicht für mich. Dem eigentlichen Problem konnte ich nicht entkommen oder nur teilweise.

Ich renne weiter und ich komme zurück ins Dorf an dem Grundstück vorbei, auf dem Haus und Garten aussehen, als ob jemand alles im Griff hat. Wirklich alles, sogar und insbesondere die Natur und das wohlgemerkt auch im Garten. Hier wächst nichts einfach so. Die Bäume sind gestutzt und halten genau die Form ein, die jemand für sie vorgesehen hat. Der Boden ist im ganzen großen Garten mit dunkelbraunem Rindenmulch bedeckt, damit kein Unkraut durchkommt. Damit sich kein Leben eigenmächtig seinen Weg bahnt, ans Licht, an die Sonne. Das Pflaster der Hofeinfahrt und die Mauer aus Granitquadern sind einwandfrei. Kein kleinstes Grün in den Ritzen zwischen den Steinen. Alles hellgrau, modern, Naturstein. Wir haben auch so eine Mauer aus grauen Granitblöcken, aber in den Ritzen sieht es anders aus. Egal. Das zählt nicht.

Bin auch schon längst vorbei an dem Haus und auch an dem daneben, das sich im krassen Gegensatz dazu präsentiert. Unter einem roten Plastikzaun als Dackelsperre und Schutz für vorbeilaufende Spaziergänger oder für die Dackel, wer weiß, wuchert das Unkraut heraus auf die Straße. Ziemlich ähnlicher Kontrast wie bei unseren Nachbarn und uns, denke ich. Dabei sind wir die Unkrauter. Ebenfalls egal.

Nicht egal ist, dass die Nachbarn seit einiger Zeit den Tod auf der Matte stehen haben, er sie aber über seine genauen Absichten und den Zeitplan im Unklaren lässt. Die Mutter der Familie ist seit Jahren schwer krank. Es scheint bergab zu gehen, manchmal auch etwas bergauf. Offenbar gerade so viel, um wieder Hoffnung zu nähren und diese dann ein paar Wochen oder Monate später wieder zu zerstören. Was will er, der Tod? Ja, nein, vielleicht, jetzt oder später oder vielleicht viel später. Der will nur spielen. Das ist nicht egal.

Katakomben oberirdisch

Begonnen haben der Alptraum und meine unbeabsichtigte Transformation vor vier Jahren. Die Pandemie war gerade in Europa angekommen, die Arbeitgeber hatten ihre Angestellten ins Homeoffice geschickt, außer in den Geschäften. Die wurden geschlossen. Nur unbedingt fürs Überleben notwendige Sparten wie Lebensmittelläden, Apotheken oder Blumengeschäfte oder so ähnlich blieben geöffnet. Sie konnten zu eingeschränkten Zeiten und mit entsprechender Ausrüstung betreten werden.

Wochenlang schien damals die Sonne und ich war heilfroh, dass ich nicht ins Büro musste, denn mein Vorgesetzter hatte mich als neue Zielperson ausgewählt.

Zuvor hatte es andere gegeben und – so viel sei vorweg genommen – danach ebenso. Der Anlass war eigentlich nicht so wichtig, denn es gab unzählige Gründe, um ausgewählt zu werden. Für mich war es allerdings wichtig, weil eben dieser Anlass und wie man damit umging für meine Transformation entscheidend war. Es ging um Geld, um viel Geld. Aber auch viel oder nicht viel ist Ansichtssache, wie sich herausstellte.

Knapp anderthalb Jahre zuvor war ich auf diese Stelle gewechselt und es lief sich sehr gut an. Erstmal und zumindest für mich. Für andere sah es bereits damals anders aus. Schon am Anfang merkte ich, dass dort etwas nicht stimmte. Die Szenerie erinnerte mich an eine meiner alten Hörspielkassetten. Pinocchio, die aus einem Tannenstamm geschnitzte und von ihrem Schöpfer adoptierte Holzpuppe, wird aus ihrem behüteten Zuhause auf eine vermeintliche Vergnügungsinsel gelockt. Etwas stimmt dort nicht. Die Esel dort flüstern untereinander und ihm zu, dass sie auch mal Kinder gewesen und verwandelt worden sind. Ihm stünde das gleiche Schicksal bevor.

So eine Insel des Schreckens war der neue Arbeitsort. Die Büros entlang finsterer Gänge im Wechsel mit muffig nach altem Papier riechenden Magazinen und mit Fenstern in einen Innenhof, in dem man nur wieder bis zu den Fenstern auf der gegenüberliegenden Seite des kleinen Hofs sehen kann. Dieses Stockwerk des altehrwürdigen Gebäudes hat die Anmutung eines oberirdischen Kellers. Und so verhält man sich dort auch. Niemand zu sehen auf den Gängen, wenn man aus dem Büro herausgeht. Die Türen sind geschlossen. Geht zufällig am Ende des Ganges zeitgleich jemand auf den Flur, versucht er oder sie, so schnell wie möglich davonzukommen. Nur ja kein Gespräch.

Man unterhält sich leise, unter vorgehaltener Hand über die Zustände. Das tut man allerdings. Hier war es schon immer so. Bereits in zweiter Generation wird man in dieser Abteilung vom Direktor tyrannisiert. *Deine Vorgängerin wurde hier rausgemobbt* und eine mögliche Nachfolgerin bei der Bewerbung vergrault, hieß es.

< Was? Wie meinst du das, was hast du gesagt?

> Nichts, ich will nichts gesagt haben, murmelt der Kollege.

Da war es natürlich auch schon zu spät. Ich war dort und kam nicht wieder weg, wie sich zeigen sollte. Ich war verantwortlich für Geld, wie ich fand viel Geld. Draußen war Pandemie. Leute starben, Krankenhäuser und Intensivstationen füllten sich, Städte und die Kassen leerten sich. Vieles war unklar. Wie gefährlich ist das Virus, wie wird es übertragen, wie geht es weiter. Keiner weiß es. Was klar war: das kostet. Geschäfte mussten geschlossen bleiben, viele konnten nicht arbeiten, nicht verdienen und brauchten Unterstützung.

Diese Probleme hatte ich nicht. Mein Problem waren ein paar Millionen zu viel, die ich beim besten Willen nicht ausgeben konnte.

> *Wenn du das Geld nicht ausgeben kannst, verstehst du deinen Job nicht,* herrschte mich der Vorgesetzte an.

Mein Job war eigentlich nicht, möglichst viel Geld auszugeben. Das interessierte aber nicht, es gab Druck. Das Geld gab ich trotzdem nicht aus.

Bald merkte ich, wie Kollegende einen Bogen um mich machten. Irgendwie virtuell, aus den Homeoffices heraus. Andere begannen mit Anfeindungen. Offensichtlich wusste man Bescheid, dass ich nun die nächste in der Reihe der Vogelfreien geworden war und man nutzte die Gelegenheit, um beim Chef zu punkten. Das war bei ihm üblich, ich hatte es selbst erlebt.

> *Findest du nicht auch, dass es in der Sektion XY nicht gut läuft? Findest du nicht auch, dass Kollege XY zu viel Aufwand für Z betreibt/seiner Aufgabe nicht gewachsen ist/ zu schwach ist spätestens seit seiner Krankheit...*

< *Äh, nein, warum, wie meinst du das, damit hatte ich noch nichts zu tun, nein, er/sie macht seine/ihre Sache gut...*

Fragen, ob man nicht meine, dass dieses oder jenes falsch gemacht würde, sich jemand unangemessen verhalte, irgendwas in einem Bereich schieflaufe. Man brauchte nur einschlagen und hatte Pluspunkte gesammelt oder war dem beruflichen Totengräber nochmal von der Schippe gesprungen, wenn man in der Reihe der Vogelfreien schon vorne stand. Die Einschränkungen einer Pandemie mit Homeoffice-Pflicht waren da ein Segen. Wenigstens musst man sich nicht persönlich begegnen.

Fehleinschätzungen

Die Zustände an der neuen Arbeitsstelle und die Pandemie waren nicht die einzigen Überraschungen in dieser Zeit. Ich war in Wechselstimmung gewesen, bereit für Veränderung. So hatte ich die neue Stelle angetreten, dort überraschend meinen Partner kennengelernt und wir hatten schneller ein neues gemeinsames Zuhause gefunden, als wir es eigentlich gesucht hatten. Aber es musste ja auch schnell gehen damals. Schließlich war es kurz vor der Pandemie.

Neuer Job, neuer Partner, neues Zuhause und das neue Jahr stand vor der der Tür. Ein guter Start, das Leben neu gestalten war die Stimmung. Wir zogen also ziemlich unbeschwert an Weihnachten in das gemeinsame Zuhause ein. Währenddessen verteilte sich bereits unbemerkt ein Virus über die Welt. Damit hatten wir nicht gerechnet und auch nicht damit, dass unser neues Zuhause schon bewohnt war und zwar voll bis buchstäblich unter das Dach.

Als erstes erschien der Kater. Kurz nachdem wir eingezogen waren, saß er vor der Tür. Da er den Vorbesitzern des Hauses gehörte, sofern man bei Katzen von gehören sprechen kann, riefen wir sie an und er wurde abgeholt. Von da an saß er jeden Abend vor der Tür. Sein Territorium, sein Zuhause aufzugeben, kam für ihn nicht infrage. Was wäre es für ein Aufwand für ihn gewesen, sich an einem anderen Ort wieder ein neues Revier zu erstreiten. Hier hatte er viel investiert und niemand hatte ihn gefragt, ob er bereit wäre, sein soziales Umfeld zu wechseln. Er wollte weiter hier leben, an Umzug war er nicht interessiert. Wir wollten es nicht, eigentlich.

Wenige Monate vorher war mein geliebter roter Kater gestorben, nach langem Leiden. Ich war in Trauer. Auch wollte ich nach vielen Jahren der Sorge um Tiere auch mal wieder verreisen können, ohne eine Betreuung suchen zu müssen. Dass das bald sowieso erst mal für eine ganze Zeit weniger relevant sein würde, wusste man ja nicht. Der Kater saß trotzdem jeden Abend vor der Tür, es folgte ein Anruf und er wurde abgeholt. Dutzende Male spielte sich das gleiche Prozedere ab, bis sich allmählich und schleichend etwas zu verändern begann.

Meine Befürchtung, ihn abends beim Nachhausekommen vorzufinden, änderte sich. Sie wandelte sich erst in die Befürchtung, er könnte nicht da sein und schließlich in die Hoffnung, von ihm erwartet zu werden. Irgendwann stimmten wir dann auch einfach zu, dass es für den Kater einen Personalwechsel gegeben hatte und für ihn ansonsten alles gleich bleiben sollte. Der Rest war sowieso egal.

Als nächstes offenbarten sich die Fledermäuse. Am Abend im frühen Sommer flogen sie teils so dicht vorbei, dass man den Lufthauch ihrer Flügel im Gesicht spürte. Abgesehen davon sehr ruhige Mitbewohner, ganz anders als die Spatzen. Im Frühjahr ziehen sie ein, unter das Dach, bauen Nester, ziehen Junge groß oder werfen sie aus dem Nest, furchtbar das. Vor allem wenn die Jungen noch leben und auf dem Boden liegend nach ihren Eltern schreien. Die Natur ist auch nicht nur gut, nach menschlichem Empfinden. Was wir Grausamkeit nennen, ist alltäglich und scheint einem irgendwie gearteten Sinn zu folgen. Ansonsten sind die Spatzen Messies, die schamlos alles mögliche hinterlassen und im nächsten Jahr an anderer Stelle unter dem Dach nisten und sonst alles tun, was ihnen beliebt.

Marder gibt es auch noch. Nachts rennen sie übers Dach, klettern an der Hauswand hoch und schreien im Garten herum. Die Ernte der Obstbäume wollen sie nicht mit uns, nur untereinander teilen. Klopft man ans Fenster, damit der Marder den Pflaumenbaum verlässt, rennt er weg und kommt mit vier anderen zurück, vermutlich Brüder - und Schwestern natürlich. Wir haben uns mit der Zeit arrangiert und versuchen, die an uns gestellten Erwartungen der verschiedenen Parteien bestmöglich zu erfüllen.

Und auch das neue Leben entwickelte sich bald ganz anders, als gedacht, gehofft und geplant – und das lag nicht nur an der Pandemie und dem Ausnahmezustand, wie man ihn sich früher nicht hätte vorstellen können.

Hexenverfolgung im neuen Normal

Als der Irrsinn anfing, also dieser Irrsinn, unter dem ich zu leiden hatte, sah die Welt für mich noch ganz anders aus. Selbstverständlich gibt es überall und jederzeit beliebig viel Irrsinn, aber ich kenne nun diesen hier besonders gut. Ich dachte vorher nicht, dass die Welt verlässlich ist und die Menschen gerecht. Naiv war ich auch damals nicht. Aber das, was ich jetzt weiß, hätte ich nicht für möglich gehalten.

Sehr plötzlich kann man zur Zielperson von Vorgesetzten werden, von Kolleginnen und Kollegen drangsaliert und ausgegrenzt. Nichts ist sicher, Menschen sind unberechenbar und zwar überall, Logik und Werte spielen keine Rolle. Und das ist offenbar und leider keine besonders außergewöhnliche Erfahrung. Das Netz ist voll von solchen Geschichten und Selbsthilfe-Communities zum Thema.

> *Was sie da erleben, das hat ja jeder in einer Führungsposition schon mal erlebt,* sagte mir ein mich während der ganzen Zeit unterstützender Rechtsberater. Die Schicht von Kultur und Zivilisation ist hauchdünn. So dünn, dass man sie mit einer kleinsten Bewegung abseits vom Üblichen durchbrechen kann, unwiederbringlich. Und dann ist man in Gefahr, denn dann schützt einen nichts und niemand mehr. Wie das Unkraut, das durch den Rindenmulch ans Licht kommt und dem Tod durch Jäten erliegt. Irrsinn ist das neue Normal. So wie Raider einfach Twix wurde. Und 50 das neue 30, X das neue Y. Was für ein Scheiss. Das Neue Irgendwas ist das Alte Soundso, leicht verschoben und neu verkleidet. Eine Zahl, ein Name, die Bewertung, was normal ist und was nicht.

Ich lese kurz nach und erfahre, dass ich zur Generation X gehöre. Vielleicht könnte ich mich unter Berufung auf die Das-Neue-sonundso-ist-das-alte-tralala-Logik den Y-Millenials zurechnen. Dann nehme ich noch dazu, dass in der Zeitung stand, durch Fachkräftemangel und angeblich niedrige Arbeitslosigkeit habe sich „die Altersguillotine" auf dem Stellenmarkt nach oben verschoben und neu fänden auch Ü50 wieder neue Jobs. Das würde die Aussichten, meine Aussichten auf eine neue Stelle, deutlich verbessern oder wenigstens nicht mehr ganz so trübe aussehen lassen.

Ich finde aber trotzdem keinen neuen Job. Vielleicht weil ich keine Fachkraft bin. Oder ich sollte in meiner Bewerbung vermerken, dass ich mich als Millenial identifiziere, als Y. Da ist man ja heute freier, an sich. Letzte Woche hatte ich einen ganzen Tag Validierung bei einem Personalberater. Das Arbeitsamt hat mich dorthin geschickt. Der Berater hat mir empfohlen, am Anfang meines CV zu schreiben *wer ich bin*, *worauf mein Erfolg basiert* und welche *meiner Eigenschaften mir dabei helfen*. Bei Eigenschaften könnte ich dann zum Beispiel vermerken, dass ich im Herzen und im Kopf eigentlich Millenial bin. Das hätten wir schon mal.

Der Tag bei dem Personalberater war an sich interessant. Am Vormittag hatte ich stundenlang Fragen über mich beantwortet, Sätze vervollständigt, Rechenaufgaben gelöst, Würfel im Geiste gedreht und dann im gedrehten Zustand überwiegend nicht wiedererkannt. Meine Stärke wäre vor allem sprachlich und in der Erkennung komplexer Muster und Zusammenhänge, sagte mir der Berater.

Meine Schwäche wäre Mangel an Geduld. Das wusste ich schon vorher, habe aber gelesen, dass es in Bewerbungsgesprächen nicht mehr gesagt werden soll, weil es überstrapaziert wurde. Alle waren plötzlich ungeduldig, weil es eine harmlose Schwäche ist und jetzt ist es unglaubwürdig geworden. Und ich, die ich wirklich ungeduldig bin, bin meiner Vorzeigeschwäche beraubt. Die Welt ist nicht gerecht. Warum sollte sie auch. Was mache ich jetzt mit diesen Erkenntnissen über mich?

Das Gespräch mit dem Personalberater war ansonsten hilfreich. Ich weiß jetzt zum Beispiel, wie ich erklären kann, dass mir gekündigt wurde, obwohl ich gute Arbeit geleistet hatte. Das hatte ich wirklich, aber ich hatte es wohl etwas zu genau genommen. Zum Beispiel mit Compliance, mit Regeln zum Umgang mit von mir verantworteten Steuergeldern und mit Gesetzen. Ich dachte, sie gelten. Gelten aber nicht. Also je nachdem, wer es ist, der sich daran hält oder eben nicht.

Alles sind gleich, aber manche sind gleicher. Je vorgesetzter desto größer ist da die Toleranz und die Möglichkeit, dagegen zu verstoßen. Daran hatte ich nicht gedacht, es lange nicht glauben können und eigentlich kann ich es auch jetzt immer noch nicht glauben, aber weiß jetzt, dass es trotzdem so ist.

Etwas wissen und doch nicht glauben können, das geht. Das ist eine meiner Erkenntnisse, die ich aus diesen Erfahrungen gezogen habe und lieber nicht gemacht hätte. Seine Erfahrungen kann man sich im Leben aber nicht aussuchen. Das ist meine Meinung. Andere sind da anderer Meinung und glauben, man zieht an, was man für die persönliche Entwicklung braucht oder was man verdient hat und ist daher für sein Schicksal selbstverantwortlich.

Umgekehrt kann man sich über Wünsche ans Universum herbeimanifestieren, was man gerne hätte. Und wer nicht hat, was er will, ist zu blöd dazu. Auch einer meiner Therapeuten war dieser Meinung. Er meinte, ich hätte alles selbst verursacht, angezogen und wenn ich mich mit meinem höheren Selbst verbinden könnte, würde alles wieder gut. Oder auch nicht. Es könnte auch sein, dass man grobes Leid erfährt und stirbt, sagte er mir, denn auch die Taten und Untaten aus früheren Leben würden noch in dieses Leben nachwirken oder man sei einfach fertig hier auf Erden mit seinen Lernaufgaben. Ich sei sicher mal als Hexe verbrannt worden in einem meiner früheren Leben, meinte er noch nebenbei, so als Frau, die ihre Meinung ungefragt kundtut.

Hexe. Soll ich das auch mitaufnehmen in meine Wer-ich-bin-Beschreibung im CV? Man könnte eine Liste machen, mit allem, mit dem man sich identifiziert: Y-Millenial, Hexe etc. Wenn man dann noch eine Wunschliste ans Universum erstellt, wäre man wohl gut ausgerüstet und für das Leben gewappnet. Aber ich habe grad gar keine Wünsche ans Universum, außer dass man mich in Ruhe lassen soll. Und: selber Hexe!

Grenzgang

Bevor ich in dieses Land gezogen war, lebte ich viele Jahre als Grenzgängerin. Im einen Land wohnen, im anderen arbeiten und alles zwischen Leben und Arbeiten zwischen den beiden Ländern. An sich hatte mir das gut gefallen, solange die Grenze hauptsächlich zwei kulturelle Welten teilte. Das war unterschiedlich genug, aber keine Einschränkung, eher eine Bereicherung. Unterschiedliche Sprache, Mentalität, Umgangsformen, Kultur, Essen, Preise, Währung, Siedlungsform, Geschwindigkeitsbeschränkungen!, Brauchtum und so weiter bieten eine große Vielfalt.

Dann kam die Pandemie und die Grenze teilte wieder. Über Nacht war das entschieden worden. Zuerst standen ein paar Tage lang nur Grenzbeamte auf dem Feldweg und fragten, wohin man möchte und warum.

Dann irgendwann eines morgens war die Straße in den Nachbarort des anderen Landes mit Betonblöcken abgesperrt. Entsetzen, Bilder von Paaren und Familien im Gespräch durch Metallzäune in den Medien, Helikopter entlang der Grenze auf Kontrollflug. Ich hatte berechtigte Gründe, die Grenze weiter zu überqueren und tat es. Mit gewissen Begründungen konnte man normalerweise queren, wie im Märchen *Sesam öffne dich*. Welches die Zauberformel war, änderte allerdings jeweils, ohne dass man es mitbekam. Jede Anfahrt zur Grenze brachte eine neue Anspannung. Wird das in der letzten Woche aufzusagende Sprüchlein auch heute gelten, komme ich rüber? Meist ja, gelegentlich nein und das war dann wie im Film, selbst als die Grenze eigentlich schon wieder geöffnet worden war. Allerdings war sie es nicht auf den Feldwegen, die wir, um mit dem Fahrrad dem Autoverkehr auszuweichen, bevorzugten.

Warum keine Feldwege, aber die Straße erlaubt waren, wusste niemand, aber es war so und es war wichtig, anscheinend. Als wir also vom Feldweg kommend in den Ort auf der anderen Seite der Grenze einfuhren, kam uns ein Auto entgegen. Wie im Film, quietschende

Bremsen, die Türen fliegen auf und zwei Grenzbeamte springen heraus und stellen uns. Die Passanten im Dorf ungläubig staunend, nicht mal belustigt, da zu überrascht.

Zitternd vor Aufregung über seinen Miami Vice Auftritt ruft einer der Beamten, wir sollten zur Zollstation fahren und den Strafzettel entgegennehmen. Machen wir. In völliger Ruhe aber doch befremdet radeln wir also zur Zollstation und fragen uns, was wohl wird, wenn eines Tages mal etwas wirklich Schlimmes hier passiert.

Bei einem anderen Grenzübertritt durch den Wald wurden wir von einer Helikopterstreife im Tiefflug aufgestöbert und überwacht. Man hatte wohl George Orwells 1984 als Trainingsvideo verwendet.

Des Zufalls Bekanntschaft

Der Herr, dessen Bekanntschaft mein Leben auf ungeahnte Weise beeinflussen sollte, spricht mit ausgewählten Formulierungen auf höchstem Niveau und mit starkem Akzent meine Muttersprache. Ich bin beeindruckt und sehr betroffen. Letzteres wegen der offenen Traurigkeit, mit der er über sein Leben spricht.

Ich hatte versucht, diesem Gespräch auszuweichen, es zu vermeiden. Aus dem Augenwinkel hatte ich seine Absicht, sein Gesprächsbedürfnis wahrgenommen und schnell das Laptop aufgeklappt. Nicht, dass ich speziell mit ihm nicht sprechen wollte. Es hatten sich über die Jahre einfach zu viele Geschichten Fremder angesammelt, so emotional und bewegend, dass es irgendwann zu viel geworden war. Geschichten und Bilder, die man nie mehr aus dem Kopf bekommt und die Gefühle dazu nie mehr aus der Seele. Die Entscheidung war, solches also zukünftig zu vermeiden und zwar alle und im Vorhinein. Denn erst kurz rein hören und dann entscheiden, stellte sich als nicht praktikabel heraus. Hat man erst mal angefangen, kommt man nicht mehr raus.

Beim Start musste ich das Laptop dann zuklappen, verlor damit den Schutz und bot eine offene Flanke, die der Mann neben mir nutzte. Es war ein Flug in sein Heimatland, in dem die Menschen so herzlich und offen sind und einzig das Essen ungeeignet für Vegetarier. Er eröffnete mit etwas Belanglosem, das ist jeweils der Einstieg. Dann folgt eine halb persönliche Frage.

> *Sind sie für die Arbeit unterwegs?*

< *Ja, ich fahre zu einem Projekttreffen. Ein internationales Projekt. Wir treffen uns reihum in den beteiligten Ländern.*

Aber er hörte nicht zu. Ob er für Urlaub oder Besuch unterwegs sei, fragte ich ihn und das kam an.

> *Ja, ich fahre nachhause, in die Heimat. Ich will Freunde besuchen, es fehlt mir. Die Ärzte haben gesagt, ich soll nicht fahren. Ich hatte einen Herzinfarkt vor zwei Monaten, aber ich muss, ich halte es nicht aus. Ich bin so einsam hier.*

< *Das tut mir leid. Haben sie keine Familie?*

> *Doch ich habe eine Frau, eine gute Frau, doch sie ist eine gute Frau eigentlich. Meine Kinder sind erwachsen, sie haben keine Zeit. Manchmal rufe ich meinen Sohn an und sage, du musst kommen, ich will dich sehen. Dann kommt er. Aber ich bin so einsam. Das Sprechen mit Freunden fehlt mir. Ich hatte ein paar Freunde hier, vier. Vier in all den Jahren und einer ist gestorben. Die anderen sind nicht gesund. Wir sehen uns nicht mehr oft.*

< *Und ihre Frau?*

> *Meine Frau malt. Ich habe für sie eine Ausstellung organisiert, Einladungen drucken lassen. Ich kenne viele Leute, viele kamen. Sie hat sogar einige Bilder verkauft. Meine Frau spricht mit ihren Bildern..*

So ging es eine ganze Weile weiter, eigentlich den ganzen Flug. Ich machte Vorschläge, wie er wieder unter Leute kommen könnte, Kontakt bekommen, aber darum ging es ihm nicht wirklich. Er sprach mehr wie im Traum vor sich hin. Vor ein paar Jahren hatte er in der alten Heimat ein Haus am Meer gekauft. Er hoffte, so die beiden Länder verbinden und ein Leben in Gemeinschaft führen zu können, das er so sehr vermisste.

Seine Frau, die nicht aus dem gleichen Land stammte, hatte ihm am nächsten Tag gesagt, es fühle sich nicht richtig an, in zwei Ländern ein Bleibe zu haben. Also hatte er den Kauf zurück abgewickelt. Was die Frau auch wiederum nicht richtig fand, denn er als Mann hätte das entscheiden können und nicht auf sie, seine Frau, hören sollen. Bei uns, in seiner Wahlheimat war er viele Jahre im sozialen Bereich aktiv gewesen und hatte Aufbauarbeit geleistet. Bis zur Pensionierung waren die Kollegen seine Familie. Mit der Arbeit endete das. Dass etwas fehlt, wurde ihm spät bewusst und das machte sein Herz krank, sagt er. Und immer wieder *ich bin so einsam*. Jetzt ist er alt und krank. Deswegen muss er in die Heimat. Als das Flugzeug landet, verabschiedet er sich herzlich, warum man nicht mit anderen auch einfach so offen sprechen könne.

Ich bin deprimiert, dieses Leben geht dem Ende zu, in Leid und Trauer. Zu spät, ein unerträglicher Gedanke. Was soll mir das sagen, was kann man aus der Begegnung lernen. Sie hat mich einen Tag nach einer Ankündigung meiner Vorgesetzten erreicht. Der Bereich, den ich leite, soll zurückgestuft werden, obwohl wir erfolgreich Projekte akquirieren und uns im Markt positionieren konnten. Einige Zeit vorher überlegte ich schon einen Wechsel. Aber dann sollte ein neuer Vorgesetzter kommen und ich freute mich auf die Zusammenarbeit.

Kurz vorher darf nun die alte Riege noch die Weichen umstellen und mir mit meinem Team ein gefühltes Abstellgleis zuweisen. Thematisch soll es zukünftig in eine andere Richtung gehen, die nicht die meine ist. Zeit zu gehen, Zeit für Veränderung. Was lässt sich nun für so eine Situation aus dem Erleben eines einsamen, alten Mannes ableiten. Im Hotel kommt mir die Antwort: spüre tiefer, was du brauchst und suche breiter danach!

Mach ich, vom Abendessen mit den Kollegen abmelden, Laptop aufklappen und mit breitem Filter in der Jobbörse suchen. Schnell taucht eine Jobanzeige auf. Die Aufgabe sieht interessant aus, die Qualifikation passt. Bewerbungsschluss ist in fünf Tagen. Ich frage per Email, wie fix die Deadline ist. Mit dem Projektmeeting werde ich die nächsten Tages beschäftigt sein. Die freundlich zuvorkommende Antwort scheint mir ein weiteres positives Zeichen. Dass die Stelle seit zwei Jahren immer wieder mit unterschiedlicher Beschreibung ausgeschrieben wurde, sehe ich nicht. Keine Zeit für Recherche, schnell die Unterlagen zusammenstellen und losschicken. Es sind noch anderthalb Jahre bis zum Beginn der Pandemie. Der Bewerbungsprozess läuft glatt durch, als sollte es so sein. Zu welchem Horror sich das entwickelt, hätte ich mir nicht vorstellen können. Dass dort etwas nicht stimmt, ahne ich bald.

Entfremdung

Irgendwann war Entfremdung in mein Leben getreten. Während ich über viele Jahre gemeint hatte, immer mehr von der Welt zu verstehen, analysieren und erklären zu können, machte meine Weltverständniskurve irgendwann eine Richtungsänderung durch. Erst war die Trendwende unmerklich. Erste Dinge, die mir merkwürdig vorkamen und beginnende Suche nach Erklärungen dafür. In meinem gewohnten Denkumfeld wurde ich nicht fündig. Alternative Vorschläge waren mir überwiegend suspekt. *Wir sind alle Teil einer Matrix. Du ziehst an, was du aussendest. Dir widerfährt, was du zum Wachsen brauchst.* Der Arzt stellte fest, dass ich nach wie vor 1,72 m groß war – wie seit Jahrzehnten. Ich war zufrieden. Mit fast 50 hatte bei mir das Schrumpfen noch nicht eingesetzt.

Das gefühlt Merkwürdige wurde mehr und mehr und da ich keine Erklärungen fand, hinterfragte ich meine Wahrnehmung. Vielleicht bildete ich mir das nur ein. Es hieß, man solle nicht bewerten. Nur achtsam beobachten, geschehen lassen, denn alles sei gleich gut und alles fließe. Stelle dich dem Fluss des Lebens nicht entgegen. Mache ich ja nicht, Mann! Aber wie lasse ich es fließen, wenn mein Vorgesetzter von mir fordert, ein paar überflüssig budgetierte Millionen auszugeben, damit er sich als Herr eines hohen Budgets großartig fühlen kann, und sich das Geld beim besten Willen nicht ausgeben lässt.

Solche Situationen sind an sich noch nicht merkwürdig. Ich hatte davon gehört und es kommt häufiger vor. Befremdend war, was in der Folge passierte und was nicht. Dass das Versenken von Millionen zum Beispiel niemanden interessierte. Mehr noch, dass darüber informierte Verantwortliche aktives Desinteresse zeigten, explizit nichts davon wissen wollten.

Ebenfalls merkwürdig fand ich, dass die Lüge ihren festen Platz hat. Lügen hatte ich immer für falsch und vor allem auch für unpraktisch gehalten und deshalb für mich nicht für die breite Anwendung in Betracht gezogen. Ich wollte mir nicht verschiedene Versionen einer Geschichte merken müssen und fand es einfacher, die Wahrheit zu erzählen. Irgendwie ging ich davon aus, dass es dem Rest der Welt oder zumindest einem großen Teil ähnlich geht. Dann stellte ich fest, dass dem nicht so ist. Auch dachte ich, dass es unpraktisch wäre, wenn Lügen herauskommen, weil es negative Konsequenzen hat. Ebenfalls eine Falschannahme, denn ob wahr oder falsch ist uninteressant. Die Toleranz gegenüber der enttarnten Lüge und ihrem Schöpfer ist erstaunlich groß.

Irgendwas hatte ich da nicht mitbekommen und fühlte mich an mein altes Auto erinnert, das ich vor ein paar Jahren endgültig aufgeben musste. Regelmäßig reagierte es beim Fahren und Schalten in den unteren Gängen nur noch schleppend auf das Gaspedal und öfters ging der Motor aus, einmal mitten auf einer Kreuzung. Als es irgendwann gar nicht mehr ging, entschied ich mich, das Auto zu ersetzen. Beim Neukauf stellte ich dann fest, dass Autos sich zwischenzeitlich ziemlich verändert hatten.

Fensterheber waren elektrisch, die Scheibenwischer funktionierten anders, es gab elektronische Anzeigen für noch mit der Tankfüllung zu fahrende Kilometer und eine Vielzahl möglicher Fehlermeldungen im Display. Die Türen waren nicht mehr mit Schlüssel ins Schloss sondern auf Knopfdruck zu öffnen. Die Birnen der Leuchten konnte man nicht mehr selber wechseln, weil dafür alles mögliche ausgebaut werden musste. An Zündkerzen, Luft- und Ölfilter kam man überhaupt nicht mehr heran. Das war verschmerzbar, weil ich mir unterdessen und anders als noch einige Jahre zuvor den Besuch in der Autowerkstatt leisten konnte. Leicht erschüttert war ich vor allem, weil sich etwas in der Welt so verändert hatte, dass es mir fremd schien und vor allem weil ich nichts davon mitbekommen hatte, ein Gefühl, das mir in den nächsten Jahren immer vertrauter wurde.

Dass sich offenbar sehr viele nicht dem richtigen Geschlecht zugeordnet fühlen, realisierte ich zum Beispiel auch erst als es fast schon eine Massenbewegung schien. Dass es offenbar noch viel mehr gibt, die das gehässig bis gewalttätig ächten, auch. Dass sich Aggression gegen alles mögliche verbreitet hatte und mit ihr die Verherrlichung alter und vergangen gehoffter Gräueltaten, gehörte auch zu diesen Trends und dem gefühlt größer werdenden Gap zwischen mir und Welt. An meiner Arbeitsstelle manifestierte sich das Gefühl der Entfremdung dann in meinem ganz persönlichen Leben. Der Anfang war dabei erst mal recht unspektakulär.

Wir konnten ein paar zu viel budgetierte Millionen nicht ausgeben, es war einfach zu viel Geld, viel zu viel. Dass das nicht gut ankommt, war mir klar. Dass so eine Sache beim Vorgesetzten einen auf mich gerichteten absoluten Vernichtungswillen freisetzen würde, hätte ich nicht für möglich gehalten. Nun sollte ich beruflich eliminiert werden. Eine eigene Position haben und vertreten war ein No-Go, wie schon überhaupt eine Meinung zu haben. Keine Meinung zu haben und zu vertreten, war eigentlich ebenfalls ungelitten, aber nur verachtenswert – nicht gleich vernichtenswert. Und dann auch noch eine Frau. *Mädchen, die pfeifen, und Hühnern, die krähen, soll man beizeiten die Hälse umdrehen.* Was ich nur als veralteten Spruch kannte, wird hier gelebt.

Vielleicht hätte ich es verzögern können. Wenn ich mich reumütig gezeigt hätte, bedauert hätte, dass ich unfähig bin. Der Vorgesetzte hasste das zwar, die Schwäche, fühlte sich dann aber wieder und noch mehr groß, was das andere kompensierte. Sich größer fühlen, darum geht es. Am größten, großartig. Geweint im kurzen Rock in seinem Büro oder so ähnlich, das wäre wohl noch möglich gewesen. Das hätte vielleicht Aufschub gebracht, verhindert hätte es nichts. Am Ende hätte ich nicht nur den Job verloren, sondern auch die Selbstachtung.

Grounding in der Fakeworld

Auf den Baumspitzen liegt Schnee und auch auf den Dächern der nahegelegenen Burg sehe ich es, als ich wieder zurück ins Dorf renne. Die Hügel werden gerade erst grün, der Wald hat hellgrüne Blätter, es ist April und jetzt hat es nochmal geschneit. Vor einer Woche waren wir wandern, in kurzen Hosen. Das Wetter wechselt, das Klima wechselt. Es macht uns Angst, also manchen von uns. Anderen ist es egal oder sie finden es nicht schlimm, so lange sie sich klimatisiertes Auto und Haus leisten können. Und später vielleicht den Umzug weg aus der Stadt oder ins Landesinnere oder in den kühleren Norden. Diese Bewegung hat auch längst begonnen, wobei die, die sich längst auf den Weg gemacht haben und ihre umfangreiche Habe in günstigere Regionen verschieben, kein Aufhebens darum machen. Während sie öffentlich klagen, dass die Umwelt zu schützen, wirtschafts- und damit lebensfeindliche Einschränkungen für uns bedeute, stellen sie sich längst auf die Auswirkungen ein. Andere pflichten ihnen bei, weil es bequem ist, beim Alten zu bleiben. Sie verschieben nichts, weil sie nichts zum Verschieben haben. Sie werden sich wundern, irgendwann.

Derweil ernten auf dem Feld hinter dem Haus die Salatpflücker. Es schneit immer noch. Sie kommen jeweils in großen Trupps und decken das riesige Feld Bahn für Bahn mit einer Plane zu oder auf, je nach Wetter. Heute wird ein Teil geerntet, schon wenige Wochen nachdem sie gepflanzt haben. Wenn sie mit der Arbeit fertig sind, fahren sie jeweils auf dem Feldweg an unserem Haus vorbei. Manche schauen in unsere Fenster und manchmal schaue ich zurück und in die Fenster ihrer Fahrzeuge. Unsere Blicke begegnen sich nicht, aber wir sehen und fühlen uns wohl gegenseitig gesehen.

Wie fremd ihr Leben und ihre Welt ist. Über ein Salatfeld gibt es einen Link zwischen unseren so verschiedenen Leben. Ob sie glücklich sind, ihre Arbeit eigentlich zu anstrengend ist, ob sie mit ihrem Leben hadern, wenn sie den Wohlstand bei uns mit ihrer Welt vergleichen, ob sie mir vielleicht meine Lebensverhältnisse missgönnen – ich weiß es nicht und bin froh darüber, wenn ich es mir recht überlege.

Wobei, wer weiß, wie lange ich noch so leben werde. Jetzt bin ich arbeitslos. Könnte ich unter der Brücke landen? Ich habe meine Arbeit verloren, weil ich sie verantwortungsvoll getan habe. Der Vorgesetzte konnte mir kündigen, weil er die Macht dazu hatte. Man – die Organisation, seine Vorgesetzten - haben es zugelassen, oder unterstützt oder sogar aktiv vorangetrieben. Der Vorgesetzte hat mir gekündigt, weil ich seinen Größenwahn nicht mit allem unterstützt habe. Nicht damit, dass ich mein Selbstwertgefühl aufgegeben habe und nicht damit, dass ich Millionen Steuergelder ausgegeben habe, einfach nur damit sie weg sind und wieder mehr verlangt werden kann. Wer viel ausgibt, kann viel verlangen. Wer viel verlangen kann, der muss wichtig sein. Wer wichtig ist, hat Macht. Wer Macht hat, kann sich gut fühlen. Vor allem, wenn er sich eigentlich nicht gut fühlt, klein und unbedeutend. Wer dem sich klein und unbedeutend Fühlenden, der aber etwas Macht hat, nicht bedingungslos dabei hilft, sich großartig zu fühlen, muss über die Klinge springen. Solche Leute gibt es. Nicht so schlimm, eigentlich.

Anfangs dachte ich, die Organisation weiß nicht, was da vor sich geht und stellte dann fest, dass sie es doch weiß. Dann dachte ich, dass sie vielleicht das Ausmaß nicht verstehen. Allmählich erkannte ich, dass sie das Ausmaß sehr gut kennen, besser als ich. Dann dachte ich, dass sie sich nicht vorstellen können, was das mit den Betroffenen macht. Schließlich sah ich, dass sie es nicht nur genau wissen und es sich sehr gut vorstellen können, sondern dass sie selbst genau die gleichen Methoden wie der Vorgesetzte anwenden und genau die Effekte auf die Betroffenen bewirken wollen. Womöglich hatte mein Vorgesetzter sich hier sogar einiges abschauen können. Es gab einige Hinweise. Wie radioaktive Marker tauchten sie beim Vorgesetzten, bei der zuständigen Personalabteilung und den Leitungspersonen der Organisation auf. Es waren semantische Marker, Formulierungen wie *es muss zwingend...* oder auch die Methode der Fallenstellerei, in der eine Situation mit zwei Handlungsoptionen geschaffen wird, die beide als Fehlverhalten ausgelegt werden können und dann auch werden. Gleiches Wording, gleiche Strategien, gleiche Gesinnung.

Ich hatte bei der Organisation über das Klima der Angst in der Abteilung berichtet und mich über den psychischen Terror, die Kündigungsandrohungen, die aggressiven Aktionen und die Kriegsrhetorik des Vorgesetzten beschwert. Dabei hatte ich nicht gewusst, dass die, bei denen ich mich beschwerte, das gleiche Arsenal verwendeten. Weil ich es mir nicht vorstellen konnte, dass so etwas möglich ist, nicht hier und nicht heute. Ist es aber doch.

Das war am schwersten. Dieses Bild von der Welt endgültig loszulassen. Nicht dass ich vor dieser Geschichte besonders naiv gewesen wäre oder stark auf die Zivilisation vertraut hätte. Aber selbst mit meinem Kulturpessimismus war ich noch zu gutgläubig, zu optimistisch. Was jetzt, da alles noch viel schlimmer ist, als ich zu denken gewagt hätte?

Unsere Gesellschaft steht an einem anderen Ort als vermutet. Wie weiter, eigentlich will ich weg. Aber wohin. Die Traumziele haben Lebenstraumpotenzial eingebüßt. Teils hat ein kleiner Virus das entlarvt, teils schaurige Bilder vom wütenden Mob, der die Bastionen von Freiheit und Demokratie einreißt. Oder zu sehen, dass ganz normale Völker, ihre eigene Freiheit abwählen oder weggeputscht sehen wollen.

Einige meinen, jetzt den Mars urbar machen zu müssen, weil es auf der Erde ungemütlich wird. Das ist ein klassischer Denkfehler, würde ich sagen. Einen Wüstenplaneten in beachtlicher Entfernung und ohne Atmosphäre bewohnbar machen zu wollen, statt einen ursprünglich mit allem ausgestatteten wunderbaren Planeten nicht zur Wüste werden zu lassen, und das ohne dass man neues und besseres genetisches Material für Emigration und Neubesiedlung zur Verfügung hat.

Eine Schlagzeile der letzten Wochen titelt, dass in einigen Regionen unseres Planeten die Geburtenraten sinken, es das noch nie gegeben hätte und was man dagegen tun könnte. D a g e g e n tun. In solchen Momenten spüre ich die Entfremdung am stärksten. Alienation trifft es am besten, weil es den Alien enthält. Fühle mich wie ein Alien auf diesem Planten. Was habe ich mit denen gemeinsam, die ein Kapitol stürmen, den Mars als Lebensraum anpeilen, nachdem wir unseren Planeten zugrunde richten, menschenverachtende Leute in ihrer Organisation unterstützen, in der demokratischen Wahl für deren Untergang stimmen oder meinen, es bräuchte hier immer mehr von uns. Vielleicht lägen mir die Salatpflücker näher, aber ich spreche ihre Sprache nicht.

Schattenspiele

Was sehen Sie als ihre Schwäche? steht auf dem Bildschirm.

Pause. Keine Ahnung. Noch längere Pause. Was könnte ich sagen. Natürlich holt man hier nicht wirklich etwas aus seinem Schatten heraus, das wäre unverzeihlich blöd. Man sollte eine Schwäche nennen, die sich nicht auf die Arbeit auswirkt, aber authentisch ist. Personaler wollen aus der Antwort sehen, ob man zur Selbstreflexion fähig ist. Das habe ich gestern noch gelesen.

Wie steht es denn mit Ihrer Fähigkeit zur Selbstreflexion? wäre meine Frage, die ich nicht stelle.

Wie kommen sie zum Beispiel dazu, so einen blöden Rekrutierungsprozess zu machen? frage ich ebenfalls nicht.

Meine Schwächen, immer noch keine Ahnung, nicht, weil ich keine hätte. Wahrscheinlich schon, aber was soll das mit den Schwächen. Wenn, dann sind es meine und ich werde sie nicht teilen und schon gar nicht hier.

Was sind denn Ihre Schwächen? Dass Sie nach anderer Leute Schwächen fragen, um sie dann ihrem Gegenüber vorhalten zu können? Ein Machtgefälle erzeugen, das wollen sie. Keine Schwäche nennen, ist aber wohl keine Option. Muss mir was ausdenken, bin womöglich auch etwas übersensibel nach allem. Ich setze da an, wo ich aufgehört hatte, darüber nachzudenken.

Also, nicht, dass ich keine hätte. Wahrscheinlich. Das Problem ist wohl eher, dass ich nicht so denke. Stärken und Schwächen, Erfolg und Scheitern, damit kann ich nichts anfangen. Ob eine Eigenschaft eine Stärke oder Schwäche ist, wer weiß das schon. Mal so, mal so, je nach Situation. Und es hängt auch davon ab, was man richtig findet. Ehrlichkeit zum Beispiel hielt ich für eine Stärke, bis ich merken musste, dass andere mit dreister, nicht mal besonders geschickt oder subtil eingesetzter Lüge Erfolg haben und das Rennen machen. Was für mich eine Stärke schien, war also keine, zumindest in diesem Teil der Arbeitswelt.

Das könnte ich sagen. Es hieß schließlich *seien sie ganz Sie selbst*. Ich bin eingeladen ein als *zeitversetztes Interview* bezeichnetes Video aufzunehmen. In Wirklichkeit erscheinen im Online-Portal einfach schriftliche Fragen auf dem Bildschirm. Ich beantworte sie und werde dabei von einer Kamera aufgezeichnet. Mit einer Person komme ich nicht in Kontakt. Der klägliche Versuch einer muffig konservativen Organisation aus der Provinz ein bisschen Urban-Social-Media-Style-Glitter in ihr Image zu bringen. Zeigen, dass man über die üblichen Bewerbungsverfahren hinaus ist.

Doch auch im pseudohippen Setting käme es wohl nicht gut, zu sagen, dass man die Menschen und sich selbst nicht nach Stärken und Schwächen einteilt. Und dass man die Ergebnisse von Anstrengung nicht nach Erfolg und nach Scheitern beurteilt. Dann hätte man den Groove der Organisation und ihre Arbeitsweise infrage gestellt, bevor man sie je persönlich getroffen hat. Das muss man selbstverständlich unterlassen, denn es würde bedeuten, dass man nicht mitmachen, sich nicht einfügen kann oder will. In ein System, das einteilt nach gut und schlecht, immer schön binär. Und in ein System, das Selbstreflexion verlangt, von den anderen.

Zu offen sein, bedeutet außerdem die Macht über sich selbst der Organisation abzugeben, indem man mit ihnen über sein Innerstes spricht, während man selber niemand zu Gesicht bekommt. Selbstverständlich stellt der eventuelle Arbeitgeber hier die Fragen. Es geht nicht um Austausch und nicht um deren Stärken und Schwächen, deren Selbstreflexion. Wer die Fragen stellt, lenkt. Wer die Fragen stellt hat die Macht. Und ich habe eigentlich keine Lust. Keine Lust auf diesen Job, in dieser Organisation, auf diese Fragen, mich in Stärken und Schwächen zu sehen, nicht mal darauf, darüber nachzudenken.

Aber ich brauche einen Job. Also kann ich wählen, gebe ich der Unlust nach und bin ganz ich selbst, dann kein Job oder zumindest nicht dieser.

Oder ich beantworte die Fragen opportun und bekomme die Stelle, sehr vielleicht. Vielleicht aber auch nicht. Denn es kann sein, dass meine Stärken und Schwächen ihnen nicht gefallen. Dass sie an meinen Antworten merken, dass ich mich sträube und so nicht über mich denken will, dass ich nicht zu ihnen passe. Es kann auch sein, dass dieser Job eigentlich bereits besetzt und das hier nur eine Inszenierung ist.

Gestern hatte ich beschlossen, die Frage zu verschieben. Ich kann im Internet nach beliebten Schwächen schauen und mir etwas Passendes aussuchen. Jetzt hat sie mich geweckt, die Frage. Es ist 4:37 schlafen kann ich nicht mehr und ich beschließe aufzustehen. Vielleicht fällt mir ja nachher beim Rennen noch etwas dazu ein. *Bei uns ist, wo Arbeiten Freude macht, unsere Mitarbeiter freuen sich auf Montag genauso wie aufs Wochenende...* plärrt es aus dem Radio. Vielleicht eine Autowerkstatt, hätte ich doch etwas Vernünftiges gelernt.

Es geht um das Aufsteigen und das Absteigen, um das Risiko des Herunterfallens, um erreichbare und ersehnte Positionen und darum, wie man sie behält oder wieder verliert. Das scheint eine der mächtigsten Kräfte zu sein, unter den Menschen. Der Ort, den man oder frau erreicht hat, bestimmt, was man zur Verfügung hat: Geld, andere Menschen, Dinge, Möglichkeiten, Perspektiven, Gesundheit, Leben. Einfach alles, meint man zumindest.

Aber was ist mit der Kultur. Ich hatte gedacht, man könnte sich darauf verlassen oder besser auf die Kultiviertheit. Auf die Werte und Normen, die wir haben, damit nicht der Aggressivere gewinnt. In Wirklichkeit haben sich nur die Methoden geändert und auch das nur leicht. Aufsteigen ist auch zu verlockend. Wieder zu fallen, wäre zu schmerzhaft, zu beschämend und ist also mit aller Macht zu vermeiden. Letztlich geht es mir auch so.

Man sagt, es gibt die gläserne Decke, die man nicht durchbrechen kann, wenn die soziale Herkunft nicht stimmt. Die Herkunft der Eltern bestimmt, welche Schicht erreichbar ist. Zwar gibt es Durchlässe, Ausnahmen, die die Regel bestätigen, Wurmlöcher zwischen den

Parallelwelten. Aber sie zu finden, ist schwierig, anstrengend und braucht bestimmte Fähigkeiten oder Neugier oder Mut oder Schamlosigkeit.

In diesem Land hier ist es etwas anders. Es gibt viele Wege nach oben, weil es ein anderes Oben ist. Das Oben hier ist nicht unbedingt eines von Herkunft, Bildung, Intellektualität oder Schicht. Es kann auch eines von Geld, Beziehungen oder Sich-Durchsetzen sein. Das Land ist klein und war arm, Wohlstand wurde auf teils unerwarteten Wegen möglich und bevor sich oben grosse Schichten ausbilden konnten. So hatten viele die Chance auf das Oben, haben sie genutzt und im Inneren diesen Schritt vielleicht noch nicht mal ganz begriffen. Es gibt die Durchlässigkeit, Chancen für viele und statt wertebasiertem Selbstbewusstsein und gutem Benehmen gibt es oberflächliche Höflichkeit und eine Obsession für das gute Image, das mit allen Mitteln verteidigt wird.

Was mir einiges möglich gemacht hat, hat mir am Ende geschadet. Jetzt hat mich das System herauszentrifugiert, weil ich nicht passe und anpassen wäre nötig. Ich komme nicht mehr rein. Entweder mitspielen oder rausfliegen.

Es gab in dem Arbeitsumfeld natürlich auch die anderen, die weder in charge waren noch direkt betroffen. Auch über die muss man sprechen. Nicht weil sie relevant dafür wären, wie sich die Geschichte entwickelt hat. Sie haben keinen Einfluss. Interessant ist aber der Mikrokosmos der Charaktere, der sich in so einer Umgebung entwickelt. Das Mikrobiom im Darm der Organisation. Da gibt es alles. Sich wegducken und unsichtbar machen sind Strategien im giftigen Umfeld - versuchen, gar nicht da zu sein und nicht gesehen und darum nicht Ziel zu werden. Eine Option, nicht immer möglich allerdings und man wird dann zudem schnell grau, unscheinbar und verschwindet schließlich.

Versuchen durch Kollaboration mit Tätern zu profitieren ist eine andere Strategie. Dabei kann man sogar ein Doppelspiel spielen – wenigstens eine Zeit lang, bis es auffliegt. Mit der einen Seite kooperieren, mit der anderen auch. Und beiden Seiten Material über die andere liefern, das man im Vertrauen eingeholt hat und den Fang dann ausbreiten.

Eine weitere Möglichkeit ist, sich eindeutig zu positionieren, idealerweise auf der Seite der Hierarchie. Das ist nicht sehr komplex, erfordert nicht viel Grips und kommt mal so mal so raus. Die Mitläufer gehen aber in der Regel kaum ein Risiko ein, sie werden selbst nach einem Systemwechsel selten bis nie zur Rechenschaft gezogen. Aber zum Bystander muss man geboren sein. Das sind zwar viele, aber wer es nicht ist, der oder die kann es auch kaum werden. Dazugehören wollen, nicht aus der Masse auftauchen, Angst aus dem Rudel ausgestoßen zu werden sind mächtige Kräfte. Sich anpassen, mitlaufen und mitmachen. Das kommt überall vor.

Meine erste Erinnerung an solche Szenarien ist aus der Schulzeit. Eine Schulklasse mit einigen Tätern, einigen Mitläufern, vielen Unsichtbaren, wenigen Opfern und ohne Helden. Einer aus der Gruppe der damals Unsichtbaren ist Regisseur geworden und hat für einen Film zu dem Thema einen Preis bekommen. Einige der Täter sind im Leben Loser geworden. Einige scheinen bescheidene Karriere gemacht zu haben. Mit welchen Mitteln weiß ich nicht und auch nicht, ob sie gelernt, bereut und wiedergutgemacht haben. Wahrscheinlich eher nicht. Nur von einem weiß ich es, weil ich ein paar Jahre danach mit ihm gesprochen hatte und er aufrichtig erschrocken war. So hatte er das und sich damals nicht wahrgenommen, es tat ihm leid.

Das ist wohl eines der Probleme. Was sich bei den Opfern einbrennt, vergessen und verklären die Täter. Da wird in Erinnerungen geschwelgt, wie schön es damals war oder dass ja nicht alles schlecht gewesen war, sogar und erst recht wenn es um noch viel Gravierenderes geht. Das Prinzip ist das Gleiche, mit unterschiedlichem Schweregrad. Was für Kinder schlimm ist, ändert sich auch mit dem Alter nicht. Manche verkraften Mobbing, Unrecht und sozialer Ausgrenzung nicht und nehmen sich sogar das Leben. Andere werden krank. Krank zu werden in so einer Umgebung, ist gesund, sagten mir die Therapeuten. Es sei ein Zeichen, dass das innere Wertesystem stimmt, die Reflexe noch in die richtige Richtung gehen zum Überleben und so weiter. Das ist gut, da bin ich froh. Das bringt aber auch nur bedingt etwas, wenn die Welt drumherum, es nicht für gesund hält. Krank zu werden, weckt Zweifel an der Funktionsfähigkeit im Arbeitsleben. In diesem Sinne bin ich ja auch wirklich nicht funktionsfähig. Und auch nicht funktionswillig. Ihr könnt mich mal.

Casting der Generationen

Grau heute. Grauer Himmel, grauer Fluss, grauer Asphalt, grauer Granit – makellos ohne das kleinste Unkräutchen. Letzte Woche hatte ich noch kleines Grün zwischen den Mauerritzen aufkommen sehen. Es konnte sich nicht halten. Ich fühle mit dem Grün. Wo es jetzt wohl ist? Die Mauer grenzt die Zivilisation des gepflegten Heims, zu dem ganz offensichtlich auch der Garten gehört, von der unberechenbaren Wildnis ab. Wobei es so wild ja nicht ist. Neben dem Grundstück am Ortsrand sind Felder, Ackerland, ein paar Wiesen, auf denen ab und zu Kühe weiden.

Als ich wieder in den Ort reinlaufe, treffe ich den Bauern, der immer so freundlich grüßt. Er wirkt fröhlich, zufrieden mit sich und, wie ich vermute, auch mit seiner Arbeit. Er muss sich nicht abgrenzen. Pflügt das Land, setzt die Kartoffeln, legt im Sommer Wasserleitungen und wenn es brütendheiss ist, wird bewässert. Einmal hatte ich ihn gefragt, was er da anbaut. Er schien sehr zufrieden, weiß wofür, denn am Ende gibt es Kartoffeln und darauf schien er auch stolz zu sein.

Derweil ich über Grenzen und alles mögliche andere sinniere, warte ich auf Rückmeldung zu meinen Bewerbungen, hauptsächlich auf eine Einladung zum Gespräch. Einige Einladungen hatte ich bereits, zu Gesprächen aber auch zu manch anderem. Einladungen für Online Persönlichkeitstests, für umfangreiche Fragebögen zu meiner Motivation und persönlichsten Vorlieben und Abneigungen oder eine Einladung zu einem sogenannten virtuellen zeitversetzten Interview – was nichts anderes ist, als ein Video von sich aufzunehmen, in dem man zu einigen Fragen Stellung nimmt.

Ich habe viel geliefert und kaum etwas zurückbekommen. Es geht darum, eine geeignete Person für eine Position und Organisation zu finden. Man wird aus einem Regal gezogen, begutachtet und in ein anderes Regal oder zurück in das der Resterampe gestellt. Ich dachte, das wäre veraltet. Man rechnet damit, dass Bewerbende die Position auf jeden Fall wollen und dort funktionieren werden. Dass sie mit etwas unzufrieden sein und sich anders oder später umentscheiden könnten, ist nicht vorgesehen oder egal. Ein Teil der Realität ist also ausgeblendet. Wenn man das nur beharrlich genug tut, dann ist die Realität nicht so, wie sie ist. Interessanter Ansatz, den ich von kleinen Kindern kenne. Egal.

Auf jeden Fall habe ich immer noch keinen neuen Job, möchte einen, wobei ich da selbst langsam leichte Zweifel bekomme. Es geht nicht voran. Morgen nun habe ich wieder ein Vorstellungsgespräch. Nach langem Vorlauf, in dem ich alles mögliche geliefert habe, findet ein physisches Treffen statt. Euphorisch bin ich nicht gerade, ehrlich gesagt. Erst war ich sehr interessiert, thematisch passende Aufgabe mit Sinn. Dann kamen all diese Fragebögen, Versuche in den Persönlichkeitsbereich einzudringen. Ich selber wusste nach diversen Runden praktisch nicht mehr über die Stelle als vorher – außer, dass man es offenbar mit rechtlichen Grundlagen nicht so eng sieht. Das hatte ich schon mal. Mal sehen, was kommt. Ich habe mir auf jeden Fall eine Grenze gesetzt und über diese hinaus wird mir niemand nahe treten dürfen.

Vielleicht sind die Generationen x, y, z und welche nachkommen einfach schon viel früher auf ihrem Lebensweg auf dem Stand, sich als Mensch, der oder die arbeitet, zu sehen und nicht als Rädchen im Getriebe. Das wird jetzt allerorten bemängelt, vielleicht auch einfach aus Neid, dass man selber nicht schon früher darauf gekommen ist und sich stattdessen überall klaglos eingefügt hat. Jetzt ist es zu spät, das Leben zumindest in Sachen Arbeit vorbei und auch sonst weit fortgeschritten. Man kann nicht zurück, selbst wenn sich eine Kehrtwende für ein paar Jahre durchaus lohnen würde. Das hieße aber, was war, in Frage zu stellen. Damit leben zu müssen, Lebenszeit verschwendet und Lebensqualität geopfert zu haben. Wer kann das schon ertragen. Ich denke: besser spät als nie.

Was viel mehr kommt als Einladungen sind Nachrichten mit vielversprechenden Betreffs wie: *sie sind genau die Richtige.... Firma xy sucht Personen wie sie für....Du verdienst einen Job, den du wirklich liebst, diese Jobs haben das Potenzial dazu...* Die Trittsteine sind in Wahrheit aber Geröll in meinem Postfach. In den Inseraten ist beschrieben, was ich auch alles nicht bin, nicht kann und auch nicht will. Das nicht wollen hilft aber nicht. Wenn es keine Alternative gibt, wird auch so was zu einer Facette der Entfremdung. Offenbar gibt es eine Welt da draußen, und sie ist groß, in der es alle möglichen Berufe, Positionen und Stellen gibt, auf die ich nicht passe. Dass sie nicht zu mir passen, ist mein Problem. Aber dass ich nicht passe zu einem offenbar sehr großen Bereich, heißt, zu etwas sehr großem keinen Zugang zu haben. Das nicht persönlich zu nehmen, fällt schwer auf Dauer. Dass irgendein Algorithmus meint, ich wäre perfekt dafür, lässt mich an KI zweifeln. Obwohl, vielleicht stimmt das gar nicht.

Vielleicht hat der Algorithmus Mitleid mit mir, möchte mich trösten, mir ein paar Vorschläge machen. Oder er sieht mein Potenzial, hat aber nichts Passendes und schickt mir übergangsweise dieses Zeug. Wer weiß, was seine Mission ist. Vielleicht ist auch er an der falschen Stelle, möchte eigentlich etwas mit Sinn machen oder sich im sozialen Bereich betätigen und sitzt an dieser Jobplattform fest. Womöglich ist er in einer ähnlichen Situation wie ich.

Am richtigen Platz sein. In letzter Zeit beschleicht mich ein unangenehmes Gefühl. Ich fühle mich nicht am richtigen Platz. Die Branche, in der ich fast ein Vierteljahrhundert gearbeitet habe, ist konservativ und ich bin es nicht. Sie ist streng hierarchisch, innovationsfeindlich und ich bin es nicht. Warum – und auch wie – habe ich mich jahrzehntelang darin aufgehalten? Das Wie interessiert mich dabei fast am meisten, denn ich habe mich in Verdacht, mich weit über das gesunde Maß hinaus angepasst zu haben. Jetzt wo ich draußen bin, Abstand habe und keinen Zugang mehr finde, fällt mir auf, dass ich eigentlich gar nicht wieder da rein will. Die Tür scheint geschlossen, zu einem Raum, in dem ich mich ewig aufgehalten habe, die Spielregeln akzeptiert, die mir nicht passten, und einfach immer weiter gemacht habe. Jetzt ist die Tür zu und ich gebe vor, wieder rein zu wollen. Aber eigentlich will ich nicht.

Ich möchte in ein schönes Spielzimmer, ansprechend ausgestaltetet, bunter, fröhlicher und geselliger, voller Möglichkeiten zur Entwicklung. Schließlich geht es hier um wertvolle Lebenszeit. Statt das zu suchen und zu finden, habe ich mir vorgestellt, der jeweils gegebenen Raum wäre bunt, fröhlich, gesellig und biete Freiheit. Das ist jetzt blöd, dumm gelaufen irgendwie. Ich bräuchte wohl eine Kurskorrektur. Kein Problem, ich bin bereit dazu. Aber ob die Gatekeeper der anderen Räume mir den Zugang erlauben – ob sie mich nicht zu sehr mit meiner früheren Behausung identifizieren? Ich dachte, heute könnte man selber darüber entscheiden und wäre der Fremdzuschreibung nicht mehr so ausgeliefert wie vor dem Zeitalter der Identitätsfreiheit. Früher als ich noch in Clubs, die damals unter Disko liefen, ging, gab es auch schon Türsteher. Je nach Outfit, Geschlecht oder Verteilung des selbigen im Etablissement ließen sie eine rein oder nicht. Ist doch verrückt, dass einem alles mögliche immer wieder begegnet. Aber irgendwo zwischendrin muss der Faden trotzdem abgerissen sein, zwischen dem früheren Leben und dem, was ich heute noch für möglich halte und was nicht.

Anfreundung

Das Gegenmittel gegen die Entfremdung war an unerwarteter Stelle zu finden. Zu Beginn der Pandemie war ich für einen Sprachkurs

Französisch für Anfänger angemeldet, der anders als ursprünglich geplant online stattfand. Da die anderen Teilnehmer lieber warten wollten, bis physischer Unterricht wieder möglich würde – ja, anfangs dachte man noch an überschaubare Zeiträume – fand ich mich nicht nur virtuell allein mit der Lehrerin sondern endlich auch einen Zugang in diese Sprache, die sich mir über Jahrzehnte verwehrt hatte. Das lag auch an der Lehrerin, die bereit war, auf meine Lernwünsche einzugehen und nicht allzu belehrend. Als Tochter einer Mutter aus einem islamischen, afrikanischen Land hatte sie eine sehr eigene kritische Art zu denken, einen speziellen Humor und es machte Spaß.

Später dann suchte ich Konversationspartner und fand sie in der Normandie und in der Bretagne. Seit zwei Jahren sprechen wir einmal pro Woche online über alles mögliche. Freundschaft ist entstanden und unmerklich auch eine Stütze in der schweren Zeit. Wir hatten schon Besuch aus der Normandie und haben das Virtuelle in die Realwelt überführen können.

Dann ist da noch der Zugang zur Musik, bei dem mir meine mich kontinuierlich freundlich überfordernde Flötenlehrerin geholfen hat. Ästhetische Gesamtkörperimpulse, wenn die Flöte vibriert und mittlerweile nach anfänglichem Rumgepfeife die Finger teils fast ganz von selbst dem Holz eine Melodie entlocken. Ein Instrument kann einen in Kontakt zu einem anderen Teil seiner Selbst bringen, eine interessante Erfahrung. Ebenfalls angefreundet habe ich mich mit der angeblichen Hexe in mir und möchte sie nicht mehr missen. Keine Lust mehr auf people pleasing.

Einige sind auch verschwunden: Freunde, angebliche Freunde und Bekannte. Das ist nicht weiter schlimm. Irritierend ist eher, wie wenig es mir ausmacht. Auch das ist eine Anfreundung mit mir selbst, mit dem, was zu mir passt. Was wäre nun die richtige Arbeit für mich, überlege ich. Die schönste war bisher eine ohne Bezahlung. Morgens einen Krötenzaun im Wald nach Tieren absuchen, die in der Nacht die Straße überqueren wollten. Viele Kröten, ein paar Salamander oder Lurche.

Einmal eine Maus, die im Gegensatz zu den Amphibien den Ernst der Lage erkannt hatte und versuchte, sich im Eimer unter den Kröten zu verstecken. Ihnen allen konnte geholfen werden. Sie wurden sicher über die Straße getragen. Von mir, und natürlich auch von anderen. Hunderte Leben konnte man so noch vor Sonnenaufgang retten, zumindest vorerst und das machte Sinn. Es gibt nichts Schöneres.

Man kann auch Insekten auf diese Weise aus dem Haus tragen. Oft verfliegen sie sich, können sich einfach nicht von der Fensterscheibe lösen und versuchen immer wieder auf dem gleichen Weg nach draußen zu kommen. Es gelingt nicht, weil die durchsichtige Scheibe einen Durchgang vortäuscht, den es nicht gibt. Manchmal ist direkt nebenan ein Fenster geöffnet. Wenn man als Insekt nur ein kleines bisschen zur Seite flöge, wäre man draußen und in Freiheit. Machen sie aber nicht, die Insekten.

Wie Menschen, die immer wieder das Gleiche an der gleichen Stelle versuchen, was schon hundertmal nicht funktioniert hat. Statt etwas Abstand zu nehmen und nebenan den Weg zu finden. Die Insekten an der Scheibe lassen sich mit einem Glas fangen und nach draußen retten. Und sie merken es nicht einmal. Ob ich auch schon unmerklich aus den Schwierigkeiten des Lebens befreit und nach draußen getragen wurde? Vielleicht habe ich es einfach nicht gemerkt. Es würde manche glückliche, unerwartete Fügung und Rettung in meinem Leben erklären.

Wie erklären sich die weniger glücklichen Fügungen? Spielt ein für uns nicht erkennbares Wesen mit uns, bin ich Protagonistin der Truwoman Show, verstehe ich die Gesetzte des Universums nicht oder bin zu wenig spirituell? Spirituell ist überhaupt d a s Ding zur Zeit. Wenn es gerade mal nicht so läuft, fehlt die Spiritualität. Und umgekehrt braucht es sie anscheinend unbedingt, um das Leben zu meistern. An unvermutetester Stelle ist mir die Forderung nach Spiritualität begegnet, bei Ärzten und Therapeuten, aber auch bei amtlichen Stellen bekam ich diesen Rat. Hä, dachte ich, aber vielleicht könnte ich mal ein Stück in diese Richtung gehen....

Beschämung

In der modernen Arbeitswelt ist Beschämung der Pranger, ein mächtiges Instrument. Beschämung wird als öffentliche Bestrafung inszeniert, für ein nicht begangenes Vergehen. Den minder Mächtigen wird ihre Ohnmacht spürbar gemacht. Sie werden vor versammelter Mannschaft zu Unrecht kritisiert, nicht begangener Fehler beschuldigt, lächerlich gemacht und erniedrigt. Doch sie reagieren nicht mit Wut, nicht mal mit Zurückweisen der Angriffe, schon gar nicht mit Gegenangriff. Mit gesenktem Blick und Kopf, mit hängenden Schultern und gequältem Lächeln nehmen sie die Demütigung entgegen und schämen sich.

Diese Scham macht sie stumm. Mit der Beschämung baute der Vorgesetzte einen Käfig aus Panzerglas für die toxische Folterkammer des Selbstwertgefühls. Aus eigener Kraft kommt man nicht mehr raus, denn mit der Situation und in dieser Rolle ist die Kontrolle für alles entglitten. Man ist ausgeliefert. Mit dem Verstummen wird man bewegungsunfähig und seiner Phantasie darüber, wie schön und erfüllt das Leben woanders sein könnte, beraubt. Die Beschämung dockt wie ein Virus an Rezeptoren des geringsten Selbstzweifels an und infiziert den ganzen Menschen. Und wer hat sie nicht, diese kleinen Selbstzweifel. Hat man die Aufgabe vielleicht wirklich nicht gut gemacht? Womöglich ist man doch nicht fähig für den Job, so was müsste man in so einer Position doch aushalten können. Vielleicht erinnert die Situation auch an Altbekanntes, Erlebnisse aus dem frühen Leben. Gestraft werden, fühlt sich dann vertraut an. Ich werde gestraft also bin ich.

Nicht dass ich frei von Selbstzweifeln wäre, aber diese Rezeptoren hatte ich nicht. Nicht solche, die in einem so offensichtlich kranken Setting erreichbar gewesen wären. Das hat mir geholfen und mich gleichzeitig krank gemacht.

Es hat mir geholfen, meine Grenzen und mein Selbst zu retteten. Dass ich damit den Hass der ganzen Organisation auf mich ziehe und unter Dauerbeschuss komme, hat mich krank gemacht. Nach zwei Jahren in dem Setting quittierte ich den Dienst mit einem Burnout.

Ich hatte nicht für möglich gehalten, dass in einer Organisation des sogenannten Wissens so etwas möglich ist, so etwas toleriert wird und gefördert. Als mein Weltbild so grob an der Realität scheiterte, wurde ich krank. Ich musste korrigieren und das hat eine ganze Weile gedauert. Neu gilt: Verantwortliche in solchen Organisationen sind nicht wissende, intelligente oder gar weise Menschen. Es sind auch keine, die sich Werten, Regelungen oder Gesetzen besonders verpflichtet fühlen. Es sind keine, die für ihre Aufgabe geeignet, qualifiziert oder besonders begabt sind. Es sind schlicht häufig Leute, die durch Machtwunsch, Blenderkompetenz, Beziehungen oder für sie günstige Umstände in ihre Position gelangt sind und sich mit Skrupellosigkeit und mit Gewalt dort zu halten versuchen. Und sie sind eingebettet in ein System, das genau das ermöglicht und sogar davon lebt.

Nie war ich Kulturoptimistin. Dass meine ohnehin schon kritische Sicht durch die Wirklichkeit getoppt wird, war aber zu viel für mich. Eine Erfahrung, die zur Zeit an vielen Orten gemacht wird. Die Therapeuten sagen, dass die psychischen Erkrankungen zugenommen haben. Sie gehen unter vor Anfragen von Therapiebedürftigen und offenbar leiden viele an Ähnlichem. Es wird zu viel für sie im eigenen Leben und die Krisen all überall um sie herum verstärken ihre Leiden. Die Therapeuten sagten, dass meine Erkrankung ein Zeichen dafür sei, dass ich im Grunde gesund bin. In einer kranken Umgebung weiter zu funktionieren, ist ungesund und schwächt auf Dauer im Kern. Damals ein schwacher Trost. Aber, hier kannst du nicht leben, nicht mal überleben, das stimmte. Der Körper weiß es, fordert den Wechsel und leitet ihn gleich ein. Geh woanders hin, hier ist es nicht gesund. Nur wenn es keine Alternative gibt, schien mir einfach wegzugehen keine Lösung. Weggehen, ohne irgendwo hinzugehen, wie soll das möglich sein. Wo soll es hinführen, wenn nirgendwo hingegangen werden kann. Es ging dann doch. Nun bin ich im Zwischenraum und das Netz der Gesellschaft hält noch eine Zeit. Das lote ich jetzt mal aus.

Nach alldem Erlebten habe ich die Rezeptoren für Beschämung immer noch nicht, erst recht nicht. Im Gegenteil, ich fühle mich geimpft. Nie mehr werde ich in so eine Situation gehen. Bei Gesprächen auf meiner Stellensuche erkenne ich ungesunde Organisationen, toxische Vorgesetzte und kranke Umgebungen mittlerweile sofort. Der ständige, unsichere Chefblick des am Gespräch teilnehmenden Mitarbeiters zum Vorgesetzten ist ein deutliches Zeichen der Angst. Der feindliche Gesichtsausdruck und die unangemessen formulierten Fragen der potenziellen Chefin signalisieren das toxische Arbeitsumfeld. Das auf seltsame Art fehlende Miteinander-sprechen und Sich-aufeinander-beziehen, wenn die Gespräche in Gruppen stattfinden, sind untrügliche Zeichen, dass hier etwas nicht stimmt.

Guerilla Lifestyle

Wir seien auf einem Schlachtfeld, im Schützengraben, im Krieg und es würde mit ungleichen Waffen gekämpft. Ich würde einen Guerillakrieg führen, wurde mir allen Ernstes vom Vorgesetzten vorgeworfen, der mit allen Mitteln versuchte, mich von meiner Stelle zu mobben. Ungleiche Waffen ja und wie, zu meinen Lasten und ein Schlachtfeld in seinem Kopf. Denn wer die Macht hat in dieser Organisation, der hat das Recht, einen Krieg zu eröffnen und er hat das Recht zur Vernichtung. Die Arbeit als Lebensgrundlage entziehen, ist existentiell und mit dieser Waffe wird gekämpft. In der Tat ungleiche Waffen. Welche Perversion, das mit einer Täter-Opfer-Umkehr zu beantworten. Bei den Verantwortlichen der Organisation findet das allerdings Zustimmung. Förmlich spüre ich, wie bei jeder meiner Meldungen über das aggressive Verhalten des Vorgesetzten vor den inneren Augen der Verantwortlichen ihre eigenen Verfehlungen vorbeiziehen. All die angeschrienen und zur Kündigung gedrängten Leute, all die flüchtigen Kontrollen von Zahlen und das sich gerne mit fadenscheinigen Erklärungen Zufriedengeben für hohe und immer höhere Ausgaben. Wie naiv von mir.

Irgendwann dämmerte mir, dass ich bei der falschen Seite Beschwerde eingelegt hatte. Es gab aber keine andere. Außerhalb, wirklich außerhalb war niemand zuständig. Es gab Stellen der Selbstkontrolle, an die ich mich wendete. Es kam keine Antwort. Oder es kam eine Antwort, der zu entnehmen war, dass in meiner Kurzbeschreibung gewisse Zusammenhänge nicht ersichtlich seien und man dennoch auf dieser Basis ganz eindeutig erkennen könne, dass kein Handlungsbedarf bestehe. Es kam die Antwort, man würde sich darum kümmern und ich würde wieder von ihr hören. Das war vor ein paar Jahren und das einzige, was ich hörte oder besser sah waren Wahlplakate, die sie als Macherin zeigten. Es kam die Antwort, man könne den Fall von außerhalb ohne weitere Information nicht beurteilen, aber die politischen Gremien hätten kürzlich entschieden, dass die Organisation ausreichende Maßnahmen getroffen habe, um derartiges zu verhindern.

Die Systemgrenze institutioneller Gewalt, Gaslightning, Tabuisierung und Machterhalt mit toxischen Mitteln ging viel weiter, als ich gedacht hatte. Was ich als Fehlleistung im System sah, weil Menschen darunter leiden und dadurch krank werden, weil Leute ihre Arbeit verlieren und womöglich keine andere mehr finden, weil Schaden an Gesellschaft und Volkswirtschaft entsteht, war in Wirklichkeit die Grundlage für alles. Es funktionierte so, genau so und es sollte so sein.

Es stimmte. Ich war am falschen Platz. Sand im Getriebe der Maschine, die alles an die Wand fuhr. Mich aus dem System zu entfernen, war logisch und es passte, letztlich sogar für mich. Dort gehörte ich nicht hin und wollte es auch nicht. Aber Guerilla, ich weiß nicht. Die Idee ist mir im Leben schon mal begegnet an einer früheren Arbeitsstelle. Auf einer von mir geleiteten Exkursion, meinte man, für das Gelände sei eine paramilitärische Ausbildung nötig. Wir waren unterwegs auf einem ziemlich steilen Hang, bergauf. Auf den Exkursionen meiner eigenen Ausbildung war das noch völlig normal gewesen. Genau wie das Laufen oder Bootfahren im strömenden Regen oder stundenlanges Rumstehen, Kartieren und Probennehmen in sengender Sonne oder das Zelten im kalten Tal im Mittelgebirge Anfang Mai, fünfzig statt der angekündigten dreißig Kilometer Fahrradfahren mit Regen während der ersten Tageshälfte und Gegenwind in der zweiten. Schon die folgende Ausbildungsgeneration schien verweichlicht.

Auf die wahren Herausforderungen des Arbeitslebens hat meine Ausbildung aber trotzdem nur bedingt vorbereitet. Mobbing ist kein Aufstieg am steilen Hang, mehr eine Balance am Abgrund, in den man gestoßen werden soll.

Territorien erkunden

Was in der Entfremdung hilft, ist oft erstaunlich und unverhofft. Zuerst die neuen Freunde, die ich in der Zeit gefunden habe, an unerwartetem Ort. Ich hatte erst angefangen Französisch und später Norwegisch zu lernen und Leute gesucht und gefunden, mit denen ich sprechen konnte. In den Jahren gab es Höhen und Tiefen in unser aller Leben, die wir über Länder- und Kulturgrenzen hinweg miteinander geteilt haben. Menschen, mit denen ich erst mal nichts weiter gemeinsam hatte, als dass wir die Sprache des Gegenübers lernen wollten und offen waren. Nur zu Anfang waren das Schönwettergespräche. Später ging es hier wie dort sehr bald schon um die existenziellen Dinge. Es ging um Bedrohung und Ausgrenzung, um lebensbedrohliche Krankheit, die überwunden schien und dann doch wiederkam. Es geht um die Sorge um erwachsenen Kinder mit Schwierigkeiten im Leben. Es geht um das Begleiten der Eltern im Alter. Es geht um die nötige Kraft, die eigentlich fehlt, und das gibt einem gleichzeitig etwas von dieser Kraft. Irgendwo auf der Welt sind Menschen zu finden, die sich bereitwillig füreinander interessieren und seelischen Beistand leisten. Der Gegenentwurf zum Erlebten und ein Gegengewicht zu den üblen Erfahrungen.

Eine andere positive Sache ist die Zeit. Zeit zu haben, die Zeit mit Leben füllen können, war ein unverhofftes Geschenk. Am Anfang ist es so irritierend, dass es vor allem verunsichert. Was tue ich, wenn ich nicht arbeite, wo ich doch immer viel gearbeitet habe. Wie kann man die Zeit nutzen und nicht verschwenden. Dinge ausprobieren, sich Zeit und Selbst(Be)achtung schenken, ohne sich damit schuldig zu fühlen. Endlich kann man tun, was man immer schon wollte und da gab es eine Menge.

Doch auch das hat eine andere Seite. Man bleibt nicht, wer man ist. Aus dem bisherigen Leben katapultiert, nicht in ein anderes hinein, sondern erst mal einfach nur raus, bedeutet, nicht zu wissen. Was soll ich tun, wo soll ich hin. Jeder Schritt muss neu gedacht und ins gefühlte Nichts getan werden. Manchmal mag man nicht laufen oder kann nicht. Die neuen Orte, auf denen man seinen Fuß aufsetzt, sind ungewohnt und es braucht viel, um sich daran zu gewöhnen. Dabei kann man nicht bleiben, wer man war. Vermutlich kann man das auch sonst nicht, in keinem Leben. Aber in so einer Situation bleibt im Ich kaum ein Stein auf dem anderen und der gefühlte Ichverlust wird umfassend. Es scheint kaum noch einen Halt zu geben. Nur zeitweise, keine Sorge. Auch das geht vorbei.

Am Ende kommt man aus dem Tunnel anders heraus, so anders, dass klar ist, es wird keine Umkehr mehr geben. Kein Zurück in ein Leben wie das frühere. Das fühlt sich besser an, es ist richtig so. Einiges ist nun anders in meinem Leben und mit mir, manches banal und einiges weitreichend.

Anders als geglaubt bin ich gar keine Frühaufsteherin, keine Lerche, allerdings auch keine Eule. Sprachen lernen macht mir heute Spaß. Es müssen nur Lehrer und Methoden zu einem passen und dann ist viel mehr möglich, war eine der wichtigsten Erkenntnisse. Spät noch ein erstes Musikinstrument spielen lernen, ist eine große Bereicherung und öffnet eine neue Welt, die zum Teil des eigenen Lebens wird. Raus geflogen ist der Wunsch, es anderen recht zu machen. Das ist befreiend, sehr sogar. Vieles muss nicht getan werden und man muss sich damit nicht belasten, also lasse ich es heute bleiben und es gibt kein Bedauern oder schlechtes Gewissen. Das Leben ist zu kurz, um zu sich und anderen unehrlich zu sein. Offen sein, macht das Leben zur Wundertüte. Wer suchet, der findet – teils nicht, was gesucht wurde, aber irgendwas. Das sollte man sich nicht entgehen lassen.

Vieles ist einfach eine Frage der Perspektive. Andere Perspektiven in sich zu entwickeln, kann sehr von Sorgen und Ängsten entlasten. Andere Kulturen und andere Menschen mit schwierigen Leben können die eigene verhärtete Weltsicht aufweichen helfen. Die Musik der 80er kann man zur Stimmungsaufhellung wiederentdecken und als Kreativbooster einsetzen, sofern man ungefähr aus der Zeit kommt und sonst nimmt man halt 90er, 50er, 2000er, Barock oder sonst was. Die negative Energie aus erlebten Angriffen lässt sich umleiten und nutzen, zur

Verteidigung oder wozu immer man gerade Energie braucht. Begrüße was kommt, begleite was geht und wenn der Weg frei ist, geh voran. Oder so ähnlich. Die komplette Liste wäre endlos. Das Leben ist schön und man sollte es sich wenn möglich nicht vermasseln lassen und schon gar nicht selbst vermasseln. Dazu gehört auch, das Leben nicht aufzuschieben, bis man es nicht mehr erleben kann. Dinge erleben, Erfahrungen machen, Menschen begegnen und Tieren wann immer möglich. Unbekannte Orte besuchen, bietet alles das auf einmal.

Zuhause war noch Sommer, richtig warm oder fast heiß. Hier aber weht uns ein eisiger Wind entgegen. Der Arzt hat mir geraten, zu verreisen.

> *Fahren sie weg, das tut ihnen gut, Tapetenwechsel.*

Lange hatte ich mich zu angegriffen gefühlt, geschwächt, konnte mir nicht vorstellen, in einer unbekannten Umgebung zu überleben und wollte meine Komfortzone zwischen Bett und Sofa nicht aufgeben. Dann habe ich es doch getan. Hier ist es viel kälter als zuhause. Der Winter steht schon vor der Tür, während bei uns noch Sommer ist. Kalter Wind, Nachtfrost mit Raureif auf den Grashalmen am Morgen. Pferde stehen auf den Weiden im Regen.

Die Landschaft ist so rau wie das Klima. Zerklüftetes Gestein, vulkanisch, schwarz, dunkles Olivgrün, rötlich. Heißer Dampf und heißes Wasser kommen aus dem Boden. Die Städte sind klein und einfach, mit gewelltem Aluminiumblech verkleidete Häuser. Das überrascht, es soll eines der reichsten Länder sein, gemessen am Bruttoinlandsprodukt pro Kopf, dessen Gewinne womöglich von anderswo abgeschöpft werden. Nach Reichtum sieht es jedenfalls nicht aus. Die Landschaft ist umso reicher. Die Welt wird spürbar, die Elemente wehen, rauschen und fließen um einen herum, berühren einen so stark, dass man sich als Teil vom Ganzen spürt.

Nachts leuchten Polarlichter grün und weiß einen Bogen über den Himmel, ein stiller Gruß aus dem All, den niemand versteht. Es ist eiskalt draußen in der Nacht, noch nie so schön und wohltuend gefroren. Es ist herrlich. Einmal formen die Lichter ein Auge, das einen aus dem All anschaut, dann eine Art Brücke in eine andere Welt, ganz langsam und still bewegen sie sich in der kalten Nacht wie leuchtende Wellen am Himmel. Kälte, Wasser, Wind, Steine und Leere tun gut. Sie holen einen zurück in die Welt und man meint, mit denen verbunden zu sein, die vor ewigen Zeiten als unsere Vorfahren aus dem Urschlamm krochen und denen, die in Höhlen wohnten. Hier an diesem einen Fleck wird die ganze Welt spürbar, wie sie wirklich ist. Hier ist alles echt und das ist heiß und kalt, schroff und scharfkantig und wenn man nicht aufpasst, schleicht sich am Strand eine Welle an und holt einen zurück ins endlose Meer. Es gibt sicher schlechtere Orte, um zu gehen.

Jenseits von Vision und Befürchtung

Nie hätte ich für möglich gehalten, dass arbeitslos zu sein, sich so für mich anfühlt − nämlich nur halb so schlimm. Seit meiner Ausbildung hatte ich gedacht, es wäre das Schlimmste. *Das musst du unbedingt verhindern.* Am Ende ist es viel weniger schlimm als die Vorstellung davon war. Ich kann mich damit einrichten, zumindest momentan. Nein, eigentlich geht es mir richtig gut. Das liegt vermutlich am Vorausgegangenen, demgegenüber ist es jetzt eine Verbesserung. Ständig in Angst, womit man mich als nächstes attackieren würde und ob und wann doch eine Kündigung ausgesprochen würde, war viel schlimmer. Das ist jetzt vorbei.

Es schien jetzt alles geordnet, aber nicht letztendlich, wie sich später herausstellte. Wie überhaupt alles und alle Einschätzungen sich wieder ändern und deswegen nur sehr vorläufig getroffen werden sollten. Zunächst also traf ich beim Arbeitsamt einen Berater, der mir Unterstützung signalisierte und mir einen hilfreichen Personalberater als Coach vermittelte. Die Arbeitslosenkasse schien meinen Fall sachlich zu klären und es gab Regeln, nach denen es finanzielle Unterstützung geben sollte oder eben nicht. Ich hatte Hoffnung. Keine diffusen Drohungen mehr, keine angedrohte Sanktionierung bei angeblichem

Fehlverhalten, das fluide nach Bedarf definiert wird. Keine Pathologisierung meines Verhaltens. Kein *es tut mir leid, dass sie die Situation so empfinden.* Empfinden, empfindlich, na klar, eine etwas zu sensible Frau bildet sich etwas ein. Angedrohte Kündigung, abgebrochene Projekte um meine Arbeit zu torpedieren, üble Nachrede bei Kollegen und meinen Mitarbeitenden hinter meinem Rücken. Eine schlechte Beurteilung ohne Begründung, eine Ermahnung ohne Substanz. Alles eine Frage des Gefühls, natürlich. Die hysterische Frau, die Frau, die in Ohnmacht fällt – weil sie zu fest geschnürt ist.

Was ist das Besondere unserer Zeit? Was wird übrigbleiben, wenn hier alles vorbei ist, wir nicht mehr da sind und eventuelle zukünftige Generationen über unsere Zeit sprechen. Wird dies hier als eine Epoche der Suche nach der Wahrheit gelten oder eine des sich etwas Vormachens, in der man sich zwischen Wahr und Vision eingerichtet hatte, eine im Hin- und Her-irren zwischen virtuell und physisch, richtig und falsch, echt und ....

Ist es überhaupt wichtig, was wahr ist? Ist das Wahrhaftige etwas wert. Brauchen wir das Echte. Wofür? Seinen Traum leben, *fake it till you make it* und wenn du es nie machst, fakest du halt weiter – an sich selber glauben, Wünsche ans Universum schicken und manifestieren, alles ist möglich. Wer keine Visionen hat, dem sagt der Arzt, er müsse sich seine Welt selber erschaffen. Brauchen wir die Unterscheidung überhaupt. Im Wettbewerb ist es womöglich egal, ob das Wahre gewinnt oder die beliebte Lüge.

In der Fensterscheibe vor mir spiegeln sich die Salatpflücker auf dem Feld hinter dem Haus. Sie laufen hin und her, tragen große Türme von dunkelgrünen Plastikkisten, in denen der Salat gestapelt wird. Das meiste ist hellgrüner Kopfsalat und ein paar wenige rote Frisseesalate. Letzte Woche war ich schauen. Ich bin beim Yoga zum Dehnen nach dem Rennen. Vermutlich sehen die Salatpflücker mich auch durch die großen Fenster. Das Feld ist nah am Haus. Ob sie sich wohl fragen, was das soll, wenn ich im Baum auf einem Bein stehe. Ob sie es albern finden oder ob es sie ärgert, dass sie so hart arbeiten, während ich hier den Baum gebe. Es wäre interessant, das zu wissen. Aber auch anstrengend solche Gespräche mit ihnen zu führen. Also verwerfe ich den Gedanken.

Jetzt steht das ganze große Feld voller Türme aus grünen Plastikkisten, die Pflücker bücken sich und ernten zügig ab. Eine anstrengende Arbeit, weit weg von zuhause. Ich muss noch die andere Körperseite dehnen, möchte aber lieber nicht von ihnen gesehen werden. Aber auch mir ist dieses Leben nicht einfach so passiert, ich habe darauf hingearbeitet. Für meine Yogamatte und die Freizeit am Morgen muss ich mich nicht rechtfertigen. Und die Freizeit habe ich mir nicht ausgesucht. Ich wollte arbeiten und man lässt mich nicht mehr.

Perspektiven der Fremde

Eine spontane Idee, freitags beim Rennen auf dem Feldweg. Man könnte verreisen. Ein muslimisches Land kommt mir in den Sinn, in das es mich eigentlich nie gezogen hatte. Eine Woche später sind wir dort, mitten im Ramadan. Ob ich in meinen Sachen angemessen gekleidet bin oder eine Jacke bräuchte, möchte ich von der Frau im Hotel wissen. Es gibt verschiedene Ansichten darüber im Netz, die Frage ließ sich mit Vorabrecherche nicht eindeutig klären. Sollten die Schultern und sogar die Arme auf jeden Fall bedeckt sein, gerade im Ramadan, oder sind kurzärmelige Oberteile noch in Ordnung.

Sie erklärt, dass es tagsüber schon warm wäre, aber gegen Abend doch noch kalt und sie immer noch eine Jacke mitnähme. Es dauert etwas, bis sie versteht, dass ich meine, ob meine Kleidung für den Ramadan angemessen ist. Es hieß, es gäbe eine hohe Toleranz, weil die Kultur recht offen und auch vom Tourismus abhängig sei, aber doch ein gewisses Unwohlsein bei sehr freizügiger Kleidung, gerade im Ramadan. Es geht mir momentan allerdings weniger um den Willen zur Freizügigkeit und Durchsetzten westlicher Standards gefühlter

Gleichberechtigung, sondern um die Tagestemperaturen, die kurzärmelig eindeutig besser zu ertragen wären. Sie lacht meine Bedenken dahin.

> *Of course. You can wear, whatever you like. Look at me*, und sie zeigt auf ihre zwar langärmelige, aber doch recht körperbetonte Kleidung. Und sagt dann noch: *It's your life*. Der männliche Taxifahrer, der uns vom Flughafen abgeholt hatte, sah das in Nuancen anders. Verschiedene Meinungen möglich, beruhigend.

Die Stadt ist überwältigend, ein einziger riesiger Markt. Alles voller Menschen und Waren und auch Reiseklischees wie Gewürzen, Schlangenbeschwörern und der Muezzin ruft. Die Landschaft ist eindrucksvoll, zwischen Meer, Bergen und Wüste intensiv farbig orange, rot und ocker. Der Himmel so blau, das Licht so klar, die Menschen so offen und herzlich, die Armut vor allem vieler alter Menschen so bedrückend. Oft wird man angesprochen, viel häufiger für eine kurze Unterhaltung über alles mögliche als für ein Verkaufsgespräch, was auch üblich ist.

Irgendwo mitten in der Wüste besuchen wir eine Kulissenstadt. Bekannte Filme wurden hier gedreht und so ist mitten im Nichts eine Stadt mit großem Filmstudio entstanden. Das Nichts, die Wüste ist hier das Kapital, der Standortfaktor und natürlich die vergleichsweise günstigen Preise für die Filmproduktion. Eine ganze Stadt mit Häusern der gehobenen Preisklasse und ein Flughafen gebaut auf Nichts. Unwirklich sieht es aus, fast kann man es nicht glauben, fühlt sich wie im falschen Film. Kaum jemand ist auf den Straßen unterwegs, aber die Häuser und Gärten sind gepflegt. Hier wird Geld verdient, mitten im Nirgendwo, von dem es auf der Welt schließlich an vielen Orten reichlich gibt. Doch hier, hat irgendwann irgendwer gesagt, ist der Ort für das Nichts. Und weil es in Filmen eine Rolle spielte, Kulisse sein sollte, hat sich aus dem Nichts eine ganze wohlhabende Stadt manifestiert, in einem Land, das im Durchschnitt alles andere als wohlhabend ist. Da soll noch jemand sagen, Manifestieren wäre Hokuspokus.

An anderem Ort sehen wir das Gegenteil. Eine großzügig angelegte Stadt mit neuen, teuren und architektonisch modernen Häuser. Es sind Wohnhäuser, aber sie sind unbewohnt. Viele Häuser sind fast fertig und werden offenbar nicht mehr weitergebaut. Die Straße durch den Ort ist mehrspurig und es fährt kaum ein Auto, niemand ist auf den Gehwegen unterwegs. Hotels scheinen verweist, alles dunkel. Das Gras in den großzügig angelegten Parkanlagen ist vertrocknet, in den Brunnen sprudelt kein Wasser und die Spielplätze sind leer. Nur ein kleines Kiosk und eine Imbissbude haben geöffnet. Auf den Plastikstühlen davor sitzen ein paar wenige Leute, essen und unterhalten sich kaum, eine Frau weint. Hier ist alles Kulisse. Man hatte sich Großes für die Zukunft überlegt und sie kam anders. Später lesen wir, dass die Region touristisch beliebt war und dass auch im Ausland arbeitende Einheimische hier ihre Ferienhäuser bauten. Seit einigen Jahren herrsche Trockenheit und Wassermangel, so dass immer weniger Besucher kämen. So ist die Hoffnung auf die Zukunft mit vertrocknet.

Am letzten Abend in dem Land besuchen wir eines der wenigen Lokale, in dem man auch jetzt im Ramadan den hiesigen Wein probieren kann. Neben uns am Tisch sitzt ein Paar, offene, freundliche Leute. Wir kommen ins Gespräch. Anfangs tauschen wir uns etwas über unsere Reiseerlebnisse und Eindrücke aus. Bald übernimmt die Frau den Lead der Unterhaltung mit Anekdoten aus ihrer Familie und ihrem Leben. Die über den Hund interessieren mich mehr, als die zu ihrer Ernährung. Sie habe so viel zugenommen und daher ihre Ernährung komplett umgestellt, esse jetzt vegetarisch, gesund, vor allem Gemüse, gute Fette, keinen Zucker und auch nicht die üblichen Getreidesorten, auch keinen weißen Reis, nur Quinoa, Hülsenfrüchte, Amarant, Nüsse und so weiter.

Nebenher leeren die beiden die gerade servierte Flasche Rotwein und die noch halbvollen Biergläser. Was ich für ihre Mahlzeit gehalten hatte, entpuppt sich als Vorspeise. Als schließlich Teile gegrillter Tiere mit umfangreicher Beilage gebracht werden, wäre für mich Zeit zu gehen, aber so schnell kommen wir nicht weg und bekommen daher auch die Erklärung für die Diskrepanz zwischen der Story zu ihrer Ernährung und unseren Beobachtungen. Ansonsten hätte ich das für ein weiteres Beispiel eines verklärten Selbstbildes gehalten.

Die Frau erklärt, dass es hier in diesem Land und im Urlaub nicht möglich sei, ihre Ernährung durchzuhalten und sie wolle dann ja auch Urlaub haben. Daher sei sie für die vier Tage davon abgewichen. Mir gehen die zurückliegenden zwei Wochen unserer Reise durch den Kopf, in denen vegetarisch zu essen, unerwartet und erfreulich einfach möglich war. Nicht immer ein kulinarischer Hochgenuss, aber völlig problemlos. Endlich, als den beiden die Nachspeise serviert wird, können wir uns loseisen und mit einem weiteren Einblick in anderer Leute Leben das Lokal verlassen. Da macht man sich die Welt, wie sie einem gefällt. Ja, sicher, womöglich gilt das auch für mich, aber hier war es doch angenehm deutlich und viel offensichtlicher. Der Mann schien nett zu sein. Schade eigentlich, dass wir uns nicht unterhalten konnten.

Der Mann, der uns am nächsten Morgen früh zum Flughafen fährt, spricht offen. Vieles wäre schlechter geworden durch die Pandemie, die Not sehr groß, gerade auf dem Land und die Regierung lasse sie im Stich. Sie hätten nicht arbeiten können, kein Einkommen gehabt und es hätte keine Entschädigung gegeben. Wenn er könne, würde er sofort in unser Land umziehen, dessen Leute bei ihnen beliebt seien, direkt und etwas strikt, aber freundlich auf Augenhöhe und wertschätzend, mit Trinkgeld und so. Das Gespräch ist offen und freundschaftlich. Eine fremde Kultur, die sich den Interessierten gerne öffnet. Als wir uns verabschieden, gebe ich ihm unser restliches Geld der Landeswährung und er uns seine Karte.

> *You have a second home here now*, sagt er uns zum Abschied. So ein schöner Abschied aus diesem wunderbaren Land.

Am Flughafen wühlen wir uns in langen Schlangen von Halle zu Halle und Schalter zu Schalter. Anfangs sah es nach zügiger Abfertigung aus, die Koffer waren innerhalb von Minuten aufgegeben. Der Flughafen sieht brandneu aus, architektonisch schön und sehr modern, anders als andere Flughäfen in Mitteleuropa, an denen Jahrzehnte gebaut wurde und die dann doch mit ihrer antiquierten Anmutung und Funktionalität zu überraschen vermochten, unglaublich eigentlich.

Ganz anders hier, eine Wohlfühlumgebung, bis dann die Warteschlangen beginnen. Lange Schlangen vor einer ersten Sicherheitskontrolle, dann vor der Passkontrolle und von dort aus zu sehen in der anschließenden Halle wieder eine Schlange vor irgendetwas, was noch nicht erkennbar ist. Der komfortabel eingeplante Zeitpuffer schmilzt zügig dahin und Unruhe fängt an, sich breit zu machen. Wie lange es wohl noch bis zum Schalter dauern wird, frage ich mich und dann einen der Beamten, welche die Szenerie beaufsichtigen. Etwa 10 Minuten schätzt er, inshallah.

< *And afterwards?* frage ich, die sich abzeichnende Warteschlange in der anschließenden Halle im Auge.

> *You don't have to wait there*, meint er.

< *Inshallah*, sage ich.

Inshallah gab es viel hier. Dem Wirken der höheren Macht wird grundsätzlich die letzte Entscheidung zugestanden und in kleinen wie großen Dingen daran erinnert. Wie ein Memento Mori, Gedenke, dass du sterblich bist. Gedenke, dass du klein bist, unbedeutend und dass das Gute, was dir passiert, nicht selbstverständlich ist. Es wurde dir gewährt, von wem oder was auch immer, aber ein Recht darauf gibt es nicht, vergiss das nicht. Eine Übung in Demut, sehr präsent im Alltag, bis zur Abreise in die Flughafenhalle.

Am Ende wurde gewollt, 10 Minuten später sind wir am Schalter und der Auskunftgeber freut sich über die Präzision seiner Vorhersage.

> *Look, what did I say*, verkündet er strahlend. Die Schlange in der nächsten Halle ist nur ein Kurzstau vor einer Rolltreppe und wenige Stunden später sind wir sicher, bereichert und dankbar wieder zuhause angekommen.

Aus dem Arbeitskarussell

Auf der anderen Seite vom Salatfeld wohnt der Mann mit der Jacke. Natürlich haben viele Männer, vielleicht fast alle zumindest in unseren Breiten, eine Jacke. Es reicht wohl nicht, ihn damit zu beschreiben, aber es hat sich bei uns so eingebürgert. Zu Anfang der Pandemie, wir wohnten erst wenige Monate hier im Ort in einem Haus ganz am Ortsrand mit direkt angrenzenden Feldern, war nicht viel los. Es gab nicht viel Bewegung und nichts geschah. Das Tagesrauschen fehlte, um Begebenheiten untergehen zu lassen und wegzustrudeln. So fing man an, die Dinge viel genauer wahrzunehmen, vor allem das Gewöhnliche. Eines dieser absolut gewöhnlichen Alltagsereignisse ist, dass Menschen irgendwo rumlaufen. Mit Hund, ohne Hund oder eben mit Jacke, oder auch mit Mantel, was eine andere Geschichte ist. Zu Beginn der Pandemie waren es besonders viele. Man konnte nirgendwo hin, nicht in Restaurants oder Geschäfte, nicht ins Kino und nicht ins Café, nicht zu Freunden und nicht zur Familie. Also liefen die Leute auf den Feldwegen umher und einer davon geht direkt an unserem Zuhause vorbei.

Schnell fielen uns bei dieser Bewegung von Leuten, die ansonsten weniger unterwegs sind, einige besonders auf. Wegen ihrer Gewohnheiten oder ihres Äußeren. Der Mann mit der Jacke fiel uns anfangs vor allem wegen seiner Jacke auf. Es war ein einfacher weinroter Blouson, eine etwas aus der Mode gekommene Farbe, mit ein paar Blockstreifen in dunkler Farbe und − jetzt kommt's − mit einem Aufdruck auf dem Rücken von irgendeiner Firma. Das erstaunte uns, weil der Mann mit der Jacke ganz offensichtlich nicht mehr arbeitete. Er war sicher schon einige Jahre in Rente und hatte Probleme mit dem Laufen. Er hinkte und benutzte einen Stock. Aber, er lief jeden Tag und jeden Tag an unserem Haus vorbei, offenbar immer die gleiche Runde.

Er lief wie jemand, der entschieden hat, zu laufen, vermutlich aus gesundheitlichen Gründen und das auch durchzieht. Das war am Anfang der Pandemie im ersten Sommer. Er lief auch weiter im zweiten Pandemiejahr und im dritten. Als die Pandemie so allmählich am

Abklingen war, lief er allerdings nicht mehr täglich vorbei und mit den Jahren veränderte sich sein Laufen. Der Schritt, der Rhythmus wurde irgendwie unrund, immer abgehackter. Sein Laufen sah zunehmend roboterhaft aus und auch seine Mimik veränderte sich, sie schien allmählich etwas einzufrieren. Hatte er am Anfang nicht gegrüßt und auf eine Weise weggeschaut, so dass auch ich ihn nicht grüßen konnte, änderte sich auch das allmählich. Eine milde Freundlichkeit mit einem ganz leichten Lächeln aus weiter Ferne fing an, seinen Gruß zu begleiten. Meistens sah ich ihn aber nur von Weitem.

Mit der Zeit, fing man an, sich Gedanken zu machen über den Mann mit der Jacke. Was er wohl für eine Krankheit hatte zum Beispiel. Die Veränderung von Gang und Mimik war langsam, unmerklich aber über diesen langen Zeitraum doch deutlich. In welchem Land er wohl aufgewachsen ist, denn wir hatten ihn mit anderen Spaziergängern in einer fremden Sprache reden hören und auch mit ausländischem Akzent in unserer Sprache. Ob er wohl mal verheiratet war und Kinder hat. Einmal sahen wir ihn mit jüngeren Leuten und Kinderwagen spazieren gehen. Er wollte den üblichen Weg, seinen Weg, laufen, aber sie ließen sich nicht darauf ein. Unsere Nachbarn kennen ihn offenbar, denn sie haben sich über die Hecke rufend schon kurz mit ihm unterhalten, wenn er vorbeilief. Man könnte mal fragen, was so über ihn bekannt ist. Ob er die Jacke von seiner früheren Arbeitsstelle hat. Andererseits will man ja nicht neugierig sein. Irgendwann dann trug er eine andere Jacke und noch später wieder eine andere. Die ursprüngliche Jacke haben wir dann nie wieder gesehen.

Anfangs wusste man auch nicht, wo er wohnt. Was uns betrifft, hatte er da lange einen Informationsvorsprung. Irgendwann sah ich ihn in sein Haus gehen. Es war eines der Häuser auf der anderen Seite vom großen Salatfeld. Er wohnte also gegenüber, allerdings mit einem sehr großen Feld dazwischen und daher weit weg von uns. Das Haus kann man aber noch deutlich sehen auf die Entfernung. Und so fiel mir irgendwann auch auf, dass in seiner Wohnung nachts das Licht brannte. Ich konnte oft nicht schlafen in der schwersten Zeit. Ich wachte auf wie von einem inneren Wecker geweckt, war hellwach und konnte meist ungefähr zwei Stunden nicht wieder einschlafen. Stunden, in denen ich über das was war nachgrübelte und mir Sorgen um die Zukunft machte. In der Zeit vor der Krankschreibung war ich noch der tagtäglichen Gefahr von Angriffen des Vorgesetzten ausgesetzt und auch den ablehnenden Reaktionen der Organisation, die sich immer offensichtlicher nicht um die Sache kümmern und stattdessen mich zur Täterin machen wollte.

In dieser Zeit gab es viel Korrespondenz, wenig Gespräche. Und so formulierte ich oft nachts im Kopf oder auf dem Handy meine Antworten auf Emails, in denen etwas behauptet oder mir vorgeworfen wurde. Ich dachte, den Sachverhalt möglichst verständlich darlegen zu müssen. Ich meinte, es käme darauf an. Die jahrelange Androhung der Kündigung stellte für mich alles infrage. Sie gefährdete nicht nur die Existenzgrundlage, sondern auch ein ganzes auf Arbeit und das Weiterkommen ausgerichtetes Lebensmodell. Ein anderes hatte ich nicht. Waren zig Jahre von Ausbildung und Weiterqualifikation eine Fehlinvestition gewesen? Der Reflex war, unbedingt im Arbeitskarusell drin zu bleiben, nur nicht raus kippen. Wer weiß, ob es gelingt, wieder aufzuspringen, ob es nicht zu schnell dreht und man zu alt ist, um mitzuhalten. Wer einmal unten ist, kommt womöglich nicht mehr hoch und was sollte dann stattdessen werden, Salatpflücken?

Der Mann mit der Jacke hatte die Lebensphase des Arbeitens hinter sich, offenbar aber auch ein besonderes Verhältnis zur Nacht. Entweder konnte er ebenfalls nicht schlafen oder er war mit der Nacht und Dunkelheit nicht ganz im Reinen und ließ lieber das Licht an. Wenn das Licht nachts mal nicht an war oder man ihn einige Tage nicht am Haus vorbeilaufen sah, machte man sich Gedanken. Aber nach einiger Zeit tauchte er doch immer wieder auf und er tut es bis jetzt.

Es gab auch einen Mann im Mantel. Er fiel uns auf, weil er einen langen hellen Ledermantel trug und das auch noch, als es schon längst warm wurde, und weil der Mantel für diesen kleinen, schmalen Mann auch eigentlich etwas zu groß schien. Auch er lief mehrere Jahreszeiten lang über die Feldwege. Ich habe ihn schon ewig nicht mehr gesehen.

Damit sich üble Verhältnisse entwickeln und erhalten, braucht es das Zusammenwirken mehrerer. Aktive Unterstützer des Bösen, Bystander, Relativierer, vermeintlich Neutrale, Desinteressierte in Verantwortungspositionen und so weiter.

> *Hier herrscht ein Klima der Angst*, sagte der Kollege und im gleichen Atemzug

> *das werde ich so natürlich nicht sagen.*

Es ging um eine Befragung, die auf keinen Fall Untersuchung genannt werden durfte. Die Organisation hatte sie veranlasst. Auf meine kontinuierlichen Meldungen hin, hatte man zunächst versucht, nichts zu tun. Dann hatte man mich mit dem Vorgesetzten in eine Mediation geschickt, die von Anfang an zum Scheitern verurteilt war. Er hatte nie vorgehabt, etwas zu klären. Er wollte mich einfach raus haben und das kam dort überdeutlich heraus. Nachdem ich nicht aufhörte, zu melden und zu drängen, hatte man schließlich nach über anderthalb Jahren eine Analyse vorgesehen. Einige wenige Ausgesuchte sollten zur Situation befragt werden. Die Ausgesuchten sagten natürlich nichts, nichts zum Klima der Angst, unter dem auch sie litten und nichts zu Druck und entwürdigender Behandlung, die auch sie dort erlebten. Denn das ist das Wesen der Angst, sie macht stumm wie die Scham, man verkriecht sich, nur nicht auffallen, damit man nicht als nächstes dran ist. Und so war das Ergebnis der Befragung, das Problem läge allein zwischen mir und dem Vorgesetzten. Die Ausgesuchten gingen etwas später dann allerdings größtenteils auch, während ich schon mit Burnout zu Hause und der Arbeit fern war.

Fragestellung und Vorgehensweise einer Analyse bestimmen den möglichen Erkenntnishorizont. Was nicht gesehen werden soll, wird nicht gesehen. Dem Unangenehmen wird kein Raum gegeben, aufzutauchen und es existiert unter der Oberfläche unbehelligt weiter wie bisher. So einfach ist das. Alle machen mit, wofür es durchaus ausreicht, nicht mitzumachen. Das Nichtstun reicht völlig. Nicht sehen, hören, sagen ist wirklich blind. Sich selbst dauerhaft so schützen zu können, ist eine Illusion.

Die Diagnosen der anderen

Anstrengend. Alles, einfach alles ist anstrengend seit dieser Zeit, vielmehr als früher. Insbesondere Zeit mit anderen zu verbringen. Irgendwann ertrug ich niemanden mehr außer meinem Mann und unserem Kater. Katze geht natürlich immer. Die menschliche Unberechenbarkeit, all das Zeug, was man sich anhören musste, die Wünsche und Ansprüche von andern. Einfach zu viel. Die Ideen, was ich machen oder lassen sollte, oder ihre Erklärungen für meine desolate Situation:

> *Hast du schon an die Wechseljahre gedacht? Ich habe gehört, in den Wechseljahren haben manche ganz ähnliche Symptome,* als Alternativerklärung für einen Burnout, aus dem ich lange nicht rauskam und der, nebenbei bemerkt, auffällig parallel zu den ungeachtet meiner Erkrankung weiterhin laufenden Attacken des Vorgesetzten oszillierte.

> *Ich kann auch öfter mal nachts nicht schlafen, dann versuche ich, nicht so viel nachzudenken...* Super Tipp.

> *Ist ja schön, dass du so für deine Werte einstehst, aber irgendwann ist es ja dann auch mal gut,* man solle halt gehen. In solchen Zeiten fehlt neben der Energie auch die Bereitschaft, sich mit so einem Zeug auseinanderzusetzen.

Als Teil meiner Arbeit hatte ich jährlich eine Zahl für die Budgetplanung angeben müssen. Das hatte ich getan und damit, weil es nötig war, die ursprüngliche Planung um ein paar Millionen nach unten korrigiert. Es war ein wenig spektakulärer Vorgang, in dem ich nicht das Potenzial für eine Kriegserklärung gegen mich gesehen hätte. Schließlich hätte man Geld gespart. Sehr schnell ging es dann aber mit Attacken los. Einfach kündigen ohne neuen Job war mit der Aussicht auf

Arbeitslosigkeit keine Option für mich. Eine Alternative zu dem Job fand ich nicht so schnell, es war ausgerechnet Pandemie.

Irgendwann wurden mir die Einschätzungen der Situation von außen und die Zuschreibungen und Erklärungen über mich zu viel und ich ging zum Sozialfasten über. Niemand sehen, hören, mit niemandem sprechen war erholsam.

Allein die Arzttermine waren mir anstrengend genug. Die Reste aus dieser Zeit sind geblieben. Mir ist nicht so nach Gesellschaft. Es ist in Ordnung, Leute in Distanz um mich herum zu haben, aber ich will mich nicht mit ihnen beschäftigen. Ich will ihre Sorgen und ihre Meinung nicht hören, will ihnen nicht antworten und keinen Rat, keinen Halt geben. Ich will niemanden bestätigen und nicht bewundern, will mich niemandem erklären und nicht zeigen. Einfach nix. Als Kulisse in einer Stadt, die ich besuche, ist es kein Problem, von Menschen umgeben zu sein. Je fremder und uninteressierter desto besser. Je näher, desto unerträglicher, nicht die Leute selbst, aber die Situation. Nun ist es schwierig, so zu leben. Alleine geht es ja nicht. Wie soll man wieder arbeiten, wenn man nichts mit Menschen zu tun haben will. Mit Tieren ginge, aber dafür habe ich keine Ausbildung und meist ist man auch da nicht allein. Es dürften auch keine "Nutztiere", schreckliches Wort, sein. Das wäre unerträglich.

Die neuen Onlinefreundschaften über das Sprachen lernen funktionierten. Ein definiertes Format, eine Stunde, das ging gut. Was nicht geht, ist all die Unehrlichkeit, das Geheuchel, die Selbstinszenierung - eigentlich all das, was Bewerbungen und auch einen guten Teil des Arbeitslebens ausmacht.

Bei Bewerbungen gibt es einige besonders unangenehme Spielarten von Gesprächen. Wenn eine Stelle beispielsweise eigentlich intern vergeben wurde und man ein Verfahren pro forma durchführt, wird dies spätestens im Gespräch schnell offensichtlich. Trotzdem darf es nicht ausgesprochen werden. So inszenieren dann zwei einander fremde Parteien ein Bewerbungsgespräch. Wobei ein Teil glaubt, die eingeladene Gastschauspielerin sei sich ihrer Rolle nicht bewusst und bewege sich real auf der Bühne. Tut sie nicht. Dafür spielen die anderen zu schlecht. Alles zu offensichtlich.

Dann gibt es das Spiel der Scheinkompetenz. Die offensichtlich sehr unsichere Führungsperson überspielt das und die Gastrolle besteht darin, es nicht zu bemerken. Hier gilt es, möglichst schnell die möglichen wunden Punkte zu erfassen und zu umgehen, wo nötig Bewunderung zu heucheln. Nicht meine Bühne. Ungute Erinnerungen kommen auf. Dann die Stellen, die völlig falsch beschrieben sind. Strategie entwickeln entpuppt sich als Controlling, Leitung einer Geschäftsstelle als First Level Support und es gilt, sich Enttäuschung oder Ärger über unnützen Aufwand nicht anmerken zu lassen. Keine Lust mehr auf die fremden und schlecht geschriebenen Drehbücher.

Konsequenzen

Gekündigt. Früher war das eine Schreckensvorstellung für mich, so schrecklich, dass ich mit allen Mitteln versucht hätte, sie zu verhindern, mit fast allen. Mein Selbst aufzugeben, war es mir dann aber doch nicht wert. Und so war der Weg in die Arbeitslosigkeit unaufhaltsam. Auf diesem Weg geht es in den Abgrund, so war früher das Gefühl gewesen. Als die Nachricht der Kündigung kam, war nun dieser Punkt des erwarteten absoluten Schreckens erreicht. Was ich befürchtet und gefürchtet hatte, war eingetreten, allerdings nur faktisch und nicht emotional. Es war nicht so schlimm, fühlte sich nicht so schlimm an. Ein kurzes unangenehmes Gefühl, und dann... eine große Erleichterung. Ein Gefühl von Freiheit löste das jahrelange Unbehagen und Leiden ab. Täglich ging es bergauf ab jetzt. Damit hatte ich nicht gerechnet. Das Aufwachsen in Zeiten hoher Arbeitslosigkeit und der Bedrohung, aus der Ausbildung direkt in ein Prekariat abzurutschen, hatte mich geprägt. Die Vorstellung arbeitslos zu werden, war ein Schreckgespenst. Das galt es unbedingt zu vermeidende.

Ich erinnere mich an einen Anruf an meiner ersten Arbeitsstelle von einem älteren, arbeitslosen Mann auf der Suche nach einer neuen Aufgabe. Er wollte unbedingt arbeiten, das Nicht-Aktiv und Nicht-Dabei-sein war ihm unerträglich. Er fragte mich, ob wir nicht eine Stelle für ihn hätten. Die hatten wir leider nicht und mich beschäftigte dieses kurze Gespräch noch lange. Die Hoffnung, die Enttäuschung und ich konnte nicht helfen, kaum zu ertragen. Die gesellschaftliche Bedeutung von Arbeit kommt noch dazu. Von Familie und Freunden als unfähig gesehen zu werden. Ein Loser sein, arbeitslos sein, wo heute doch alles möglich ist, für jede und jeden, so lange er oder sie sich nur genug anstrengt oder clever genug ist.

Auf der anderen Seite sind die Vorwürfe an Arbeitslose, dass sie zum Arbeiten zu faul sind und sich aushalten lassen. Die Rechnung geht nicht auf. Den offenen Stellen, sofern sie denn auch wirklich besetzt werden sollen, steht eine höhere Zahl Arbeitsloser und Arbeitswilliger gegenüber. Dabei geht es nicht mal um die pure Zahl. Ausbildung, Alter, Nase, alles wird von potenziellen Arbeitgebern für eine Einstellung berücksichtigt. Und einige bleiben dabei auf der Strecke. Dass die Rechnung so nicht aufgehen kann, ist klar. Seit ich eine Idee habe, wie es sich anfühlt trotz Wollen und Können, nicht zu dürfen, ist es mir völlig klar. Die Gesellschaft kann über jede und jeden froh sein, dem oder der es in der Arbeitslosigkeit halbwegs gut geht und sich damit einrichten kann. Das Leben geht weiter. Eine depressive oder aggressive Menge aus dem Arbeitsleben Herausgelöster würde niemandem helfen.

Solange Schädlinge der Gesellschaft wie toxische Vorgesetzte dafür überbezahlt werden, dass sie massiven Schaden an Einzelnen und der Gesellschaft anrichten, stellt sich die Gerechtigkeitsfrage ohnehin nicht. Anscheinend erfolgreich, tatsächlich schädlich. Wirklich erfolgreich im Leben ist, wer auch mit schweren Situationen zurecht kommt.

Das binäre System

...gehört abgeschafft. So viel ist offensichtlich. Man findet sich darin nicht mehr zurecht. Es gibt einfach nicht mehr wahr und falsch, oder man kann es einfach nicht mehr unterscheiden oder nicht mehr einfach unterscheiden. Die Fälschung begeistert, selbst dann noch wenn sie längst als Fälschung enttarnt ist. Die beste Geschichte gewinnt, Storytelling ist die Kernkompetenz. Der Blender sticht den Könner aus, weil die glitzerndere oder die gröbere, je nachdem, Maske die Wahl entscheidet und alle wissen es.

Es ist der Wunsch nach Unterhaltung. Die gefälligste, bequemste oder schmeichlerischste Variante gewinnt. Das Wahre kommt unter die Räder und Schichten von Fakes sedimentieren darüber und verhärten zu Gestein. Fakes werden zu Facts, indem eine Schicht von Behauptungen auf der anderen aufbaut. Die ersten Schichten sind dabei die entscheidenden. Sie überdecken die Wahrheit und dienen als

Sperrschicht. Darüber lagert sich dann eine unwahre Behauptung nach der anderen ab und es wird nicht mehr nachgefragt, bezweifelt oder bestritten. Lässt man am Anfang die ersten Fakes unhinterfragt, ist es schon bald zu spät, im Großen wie im Kleinen.

So entwickelte sich die Situation am Arbeitsort gegen mich und war nicht aufzuhalten. Was ich erlebte, war dort allerdings nicht der Anfang gewesen. Ich war irgendwo in den mittleren Sedimentschichten auf den Boden gesunken worden. Schon lange, in zweiter Generation von Vorgesetzten, war in dieser Abteilung in der Organisation ein menschenunwürdiger Umgang mit den Leuten gepflegt worden. Steuermittel wurden in großem Maßstab und weit über die Notwendigkeiten hinaus in Archiven versenkt, in denen Dinge auf Nimmerwiedersehen verschwanden, da sie kaum jemand brauchte. Oder die Gelder gingen ins virtuelle Nirwana temporärer Lizenzen für Produkte, die kaum jemand nutzte. Die Abteilung war darauf ausgerichtet, dem König des dort eigens geschaffenen Reiches zu dienen und seine gefühlte Bedeutung zu mehren.

Es hatte über die Jahre durchaus Beschwerden gegeben. Man hatte sie aufgenommen, ordentlich in kleine Notizbücher geschrieben und schubladisiert. Den ersten Beschwerden folgten keine Veränderungen und irgendwann war es zu spät. Jede weitere Beschwerde zementierte das Regime, denn wäre man einer Beschwerde nachgegangen und hätte sie womöglich ernsthaft untersucht, wäre dies ein Eingeständnis früherer Untätigkeit gewesen. Die Entscheidungen der Vergangenheit wären kritisch zu bewerten gewesen. Zwar wurde es so mit der Zeit immer schwieriger, das Geschehen zu rechtfertigen. Und so wurden die Erklärungen und die Geschichten zur Rechtfertigung des Nichtstun immer abstruser. Andere Ideen zum Umgang mit den Problemen wurden ausgedacht. Verantwortlichkeiten negieren, Beschwerden aufteilen und so verstreuen, dass es keine Entscheidungen mehr geben kann, sind solche Strategien. Die Betroffenen werden hin und her geschickt zwischen Stellen, die in einem Endlos-Schleifendiagramm verbunden sind, in dem keine Entscheidungen vorgesehen sind. Gaslighting und Ghosting sind andere Strategien und, wie ich merken musste, auch in Institutionen und in der Arbeitswelt weit verbreitet. Der Vorgesetzte des Vorgesetzten, ein Biedermann-ähnlicher Typ, hatte irgendwann mal den Brandstifter ins Haus gelassen. Dessen Brandvorbereitungen ignorierte er, negierte die Feuermeldung und interpretierte selbst den beginnenden Brand noch um. Max Frisch fehlt irgendwie.

Für einen gleitenden Übergang zwischen wahr und gelogen herrscht eine erstaunliche Toleranz, die in anderen Bereichen ganz und gar nicht vorhanden ist, beispielsweise wenn es um Geschlechter geht. Mit unglaublicher Aggressivität werden Nicht-Binäre angegriffen. Das Verbale bereitet dabei den Boden für das Tätliche. Irgendwo ein Bild gepostet, ein Outfit getragen, ein Lied gesungen oder einem altmodisch virilität-inszenierenden Typen mit geschmacklosem Muskelshirt ins Mikrofon gesprochen. Ich ordne mich keinem Geschlecht zu wird von ihm mit spöttischem Lächeln quittiert und die Gewissheit vieler Likes der alternden Facebook-Community steht ihm ins Gesicht geschrieben. Und die lässt ihn nicht im Stich. Von Mitleid für die armen verirrten Jungen, über illustriertes Angewiedertsein bis zu offenem Hass ist in den Kommentaren alles dabei. Alles? Nicht ganz, Verständnis oder Akzeptanz eher nicht.

Ent-Täuschung

Manchmal nimmt die Täuschung groteske Züge an, auch und vor allem, wenn man selbst daran beteiligt ist. Irgendwann fiel mir auf, dass manche Arztbesuche und Beratertermine mehr als andere anstrengten und ich fragte mich, warum. Es waren die Gespräche, in denen mir mein Gegenüber aufrichtig versuchte, Mut zuzusprechen und Hoffnung zu machen, die er oder sie eigentlich nicht mehr für mich hatte.

> *Sie werden eine Stelle finden, davon bin ich überzeugt, bei ihrer Qualifikation, es dauert nur vielleicht etwas länger, ich bin sicher.*

> *In einem Jahr ist alles vorüber und sie können darüber lachen.*

> *Ich bin überzeugt, ganz sicher finden sie etwas, sie haben breite Erfahrung, es braucht einfach Zeit...*

Nicht das Wiederkehrende, das immer Gleiche, war so anstrengend. Es tat mir leid, dass sich jemand so vergeblich bemühte und nichts darauf hindeutete, dass es in den nächsten Monaten eine positive Entwicklung geben würde, wie es sie schon in den letzten Monaten nicht gegeben hatte und nicht im letzten Jahr und in dem davor ebenso wenig. Mir taten die Leute leid, ich hätte sie entlasten müssen und wollen, mit einer guten Nachricht, aber ich konnte keine liefern. Das war anstrengend und ich hoffte, dass die Litanei zum Ende käme. Mir fiel nichts ein, um sie zu stoppen.

< *Ja bestimmt, ich hoffe auch, sicher* und irgendwann nur noch Kopfnicken. Ehrlich wäre gewesen, zu sagen,

< *ich sehe, dass sie mir nicht helfen können in dieser Sache und ich erwarte es auch nicht. Ihre für mich formulierte Hoffnung scheint mir nicht echt. Sie müssen sich auch gar nicht bemühen, mir nichts vormachen. Vielleicht denken Sie an Nachbarn oder jemand aus der Familie, der oder die aus der Arbeitslosigkeit nicht mehr rauskam. Zu alt, zu wenig oder zu anders als benötigt qualifiziert, zu schwierig als Mitarbeiter. Und während sie mir Hoffnung machen wollen, machen sie uns beiden etwas vor und strengen sich an und mich auch. Das ist nicht nötig, ich komme irgendwie klar. Es ist mein Päckchen, das ich zu tragen habe. Ich brauche nur eine Krankschreibung von ihnen.*

Aber das geht nicht. So muss man mitmachen in dem Spiel und so tun, als hätte man Hoffnung, hätte die vielleicht gerade jetzt und durch dieses Gespräch wiedergefunden. Hatte ich nicht, habe ich nicht und es geht dennoch weiter, einfach so, weil die Welt nicht anhält und ich weiterlaufe wie alle anderen auch, bis es irgendwann mal aufhört, eines Tages. Morgen früh, wenn Gott irgendwann nicht mehr will, wirst du eben nicht mehr geweckt.

Lange noch hat irgendetwas in mir daran geglaubt, dass alles am Ende doch noch gut werden könnte. Ich wusste davon nichts, aber tief in mir gab es eine Quelle von Hoffnung. Jede neue Enttäuschung zeigte mir, die Quelle der Hoffnung ist immer noch nicht versiegt – ansonsten gäbe es nichts zu enttäuschen. Es ist unglaublich schwer, mit Unrecht zu leben, zu ertragen, dass einem etwas angetan wird und Willkür und das Recht des Stärkeren regieren. So schwer, dass man leugnet, dass es geschieht, selbst wenn man es sieht und nicht bestreitet, dass einem etwas geschieht. Eine seltsame Ambivalenz. Ich sehe etwas und kann es nicht glauben, obwohl ich nicht abstreite, es zu sehen. Fast wäre man lieber selber Schuld, dann ginge es wenigstens gerechter zu in der Welt. Das wäre einfacher zu ertragen oder überhaupt zu ertragen. Ich mag mir nicht ausmalen, wie sich Unrecht für Opfer von physischer Gewalt, Krieg und all den anderen Schrecklichkeiten anfühlt. Vor allem dann, wenn sie in Verfahren zur Wiederherstellung von Gerechtigkeit als unglaubwürdig infrage gestellt und aufs neue gedemütigt werden.

Polarlichter südlich

Heute Nacht waren die Polarlichter auch bei uns zu sehen, in Mitteleuropa außergewöhnlich weit südlich. Mein ganzes Leben lang wollte ich schon die Polarlichter sehen und jetzt gleich zweimal innerhalb von einem halben Jahr. Im letzten Herbst hatte sich dieser Traum auf einer Reise in den Norden völlig unerwartet erfüllt und jetzt sollten sie sogar ausnahmsweise hier in mittleren Breiten zu sehen sein. Überhaupt hatte sich alles auf magische Weise positiv entwickelt, alles, was nicht mit Arbeit oder besser mit meiner früheren Arbeitswelt zu tun hat. Das will einfach nicht funktionieren. Ich bin raus, und so sehr ich mich auch bemühe, ich finde keinen Zutritt mehr. Die Zugbrücke in die Stadt der Arbeit scheint für immer hochgezogen. Der letzte Platz der Reise nach Jerusalem ist belegt. Nur ist es hier kein Kindergeburtstag. Es gibt keinen Ort und keine Aufgabe mehr für mich. Das ist einerseits ein übles Gefühl. Draußen sein, mit all dem Gelernten aus vielen Ausbildungen, mit all den Erfahrungen aus dem Beruf und all dem, was man geglaubt hatte, beitragen zu können – und natürlich dafür auch wieder etwas zurückzubekommen, um das Leben bestreiten zu können. Was für eine fiese Abhängigkeit, wenn man auf die fehlende Arbeitsbeziehung keinen Einfluss mehr hat.

Draußen, auf der anderen Seite vom Wassergraben ist es andererseits viel schöner. Fast scheint die Welt mir zeigen zu wollen wie schön. An sich bin ich demgegenüber durchaus aufgeschlossen. Meinetwegen kann ich gerne hier draußen bleiben. Innere Hindernisse dafür wie die totale Identifikation mit der Aufgabe, den riesigen Teil der Arbeitstätigen an meiner Identität, habe ich aufgegeben. Besser gesagt, wurde er mir förmlich herausgerissen. Hier gehörst du nicht hin, machte man mir deutlich. Wie lange brauchst du noch, um das zu begreifen. Jetzt habe ich es verstanden, und irgendwie auch akzeptiert, aber wie geht es weiter. *Hier nicht* ist kein hinreichender Wegweiser für die Entscheidung wo lang. Also taste ich im Nebel herum, probiere hier und da. Das System ist darauf ausgerichtet, mich wieder an einen Ort zurück zu bringen ähnlich dem, an dem man mich nicht mehr wollte. Offenbar will man mich an diesen Orten aber grundsätzlich nicht mehr. Mit dem Arbeitsamt kann man darüber eher nicht sprechen, ist mein Gefühl. Zurück ins System, sie zahlen meine Bemühungen, für eine Weile, nicht für ewig und wie sich zeigt, ebenfalls nicht jenseits von Willkür.

Ich suche also weiter, schreibe Motivationsschreiben mit Erklärungen über die Einzigartigkeit der jeweiligen Stelle und meine überbordende Motivation gerade diese auszufüllen. Ich erkläre meinen Lebenslauf, meinen Weg und rücke dabei innerlich immer mehr davon ab. Die Story, die Geschichte meines Lebens wird mir immer fremder im Erzählen. Diese Ausbildung aus Interesse für jenes gemacht, von diesem Job zum nächsten gewechselt, um das und das zu tun oder zu erreichen und so weiter und so fort. Höre mich reden, sehe die Lebensabschnitte auf dem Papier und frage mich, warum ich dieses oder jenes wirklich getan habe und wer das Ich damals war.

Nach Jahren von Pandemie und Krankschreibung ist man raus und es geht kein Weg zurück. Wo tut sich der Weg auf. Sei wie Wasser, aber wo lässt sich hinfließen. Ich lese Erfolgsgeschichten, schaue Motivationsvideos und beschäftige mich mit Du-kannst-alles-schaffen Ratgebern. Man muss nur daran glauben, dass man es schafft. *Fake it til you make it* sagt sogar der Therapeut. Aber was und wie. Vertraue dem Leben, das Universum weiß, was gut für dich ist, verbinde dich mit deinem höheren Selbst, folge deiner Berufung und nichts ruft.

Täuschung überall, in unterschiedlichen Spielarten. Man kann getäuscht werden, sich irren oder sich selber etwas vormachen. Täuschung kann töten. Sich täuschen kann einen das Leben kosten, wenn man ein Risiko unterschätzt. Täuschung kann helfen, sinnvoll oder notwendig sein, um in der Illusion einer wunderbaren Zukunft etwas zu bewältigen oder einfach nur zu überleben. Oder auch, um in Frieden gehen zu können, im Glauben an das Paradies und das Leben nach dem Tod für voraussichtlich immer verschwinden.

Die Geschichte, die man über das Leben, die Welt und sich selbst erzählt, muss nicht stimmen, sie muss tragen. Sie muss einem durchs Leben helfen. Nur wenn sie zu fantastisch wird und zu sehr mit den Geschichten der anderen in Konflikt kommt, wird es schwierig. Die anderen sehen einen nicht so großartig. Der erwartete Beifall bleibt aus. Kritik und Ablehnung lassen sich immer schwerer wegerklären. Seine Story hinterfragen und damit sich selbst, wäre allerdings unangenehm. Umgekehrt könnte es aber auch sein, dass man in das falsche Biotop gefallen ist und es einem nicht guttut. Dann lieber woanders hingehen. Doch woher wissen. In der Fake-New-World ist die interessante und gut bezahlte Stelle ein Ort der Vorhölle und die Arbeitslosigkeit nur halb so schlimm wie gedacht.

Leben in der Hühnerfarm

Die Hühnerfarm ist jetzt bewohnt. Im letzten Sommer sind sie eingezogen. Oder war das schon vorletztes Jahr? Es muss letztes Jahr gewesen sein, denn im zweiten Pandemiejahr hatte man zuerst die alte Hühnerfarm abgerissen. Ein großes flaches Gebäude aus Holz, das man abgebaut hatte. Die Bäume und Sträucher auf dem Grundstück wurden gerodet und die Tiere dort vertrieben. Mitten im Ort war das alte leer stehende Gebäude mit dem verwilderten Garten drum herum ein Ort für Dachse, Igel, Vögel, Insekten, Mäuse und auch für unseren Kater gewesen. Damit war dann Schluss. Monatelang wurde mit schwerem Gerät gebaggert. Der Untergrund ist hier extrem hart, Kies vom alten Bett des Flusses, der mittlerweile etwas weiter südlich immer noch in Sichtweite fließt. Dann wurden mehrere Wohnhäuser aufgestellt, so dicht, dass man beim Namen *Hühnerfarm* bleiben kann. An sich praktisch. Letztes Jahr zogen die Leute ein und vor allem Hunde. Man hatte erwartet, dass Familien mit Kindern kämen. Es waren dann wohl weniger, dafür aber einige mit Hunden, die jetzt zusätzlich zu Männern mit Jacken und Mänteln auch noch hier auf den Feldern rumlaufen.

Ich interessiere mich nicht so wirklich für Leute, ehrlich gesagt. Aber sie laufen so dermaßen sichtbar hier herum, schauen in die Fenster, unterhalten sich laut oder ihre Hunde, dass mir das Nicht-Wahrnehmen immer weniger gelingt. Die neue Bevölkerung ist nicht sehr dezent unterwegs. Vermutlich Leute aus der Stadt, die der Ruhe wegen aufs Land gezogen sind und jetzt endlich ein Haustier haben können, sich einen Traum erfüllen. Für Hunde aus dem Tierheim haben sich wohl weniger Träume erfüllt. Die meisten Tiere scheinen vom Züchter. Treffe ich die Leute mit Hund beim Rennen, was sehr selten vorkommt, schauen Sie einen erwartungsvoll an. So wie Eltern, die erwarten, dass man ihren Nachwuchs verzückt anschaut. Hunde mag ich, und stille, unbelebte Feldwege. Vielleicht eine Nachwirkung der schlimmen Erfahrungen aus den letzten Jahren.

Eine Kur für die Menschenfreundlichkeit war es nicht gerade. Dazu hat wohl auch beigetragen, dass ich vermehrt auf Social Media unterwegs war und viel sah, was ich lieber nicht gesehen hätte, weil es meine Einschätzung vom Ganzen nicht besser machte. Etwa das Streben nach dem Sich-Verwirklichen, heute ein Imperativ. Sei, wer du bist oder zu sein glaubst oder sein willst. Das Sichsein ist außerordentlich wichtig geworden und beginnt und beschränkt sich oft auf die Oberfläche. Natürliche Schönheit kam von innen, einst, und das stimmte vermutlich ebenfalls nicht. So weit ich es verstanden habe, geht es bei der heutigen Schönheit hauptsächlich um die Menge und die Umverteilung von Material, das man so im Körper haben kann. Es sollte möglichst wenig sein, was sich durch Hunger und Sport erreichen lässt, oder durch Absaugen, oder durch Spritzen.

Das stimmt nun nicht mehr so ganz, denn an erstaunlichen Körperstellen gefällt es nun wieder. Also könnte man eigentlich wieder essen. Zielgerichtet Körperfett an bestimmte Stellen anessen ist so aber nicht möglich. Es lässt sich allerdings mittels Operationen umverteilen. Parallel dazu wird auch vom Kunden zum Operateur Materielles umverteilt. Fehlt Material unter der Haut und Falten entstehen, lässt sich mit Spritzen etwas auffüllen. Früher enthielten sie Plastik, was man heute nicht mehr so möchte, da Plastik in den Organen zu deren Absterben führt. Ein kleiner Privatjet muss gekauft und angepasst werden, damit die Frau mit all ihren Körpermassen, Werk eines Chirurgen, ihre internationale Fancommunity vor Ort bedienen kann. Die Nase muss gerichtet werden, sonst klappt es nicht mit der Karriere als Musiker, glaubt der junge Mann aus dem muslimischen Land, von dem ich nicht wusste, dass es die Hochburg der Schönheits-OPs ist, und auch nicht, dass Instrumente dort mit der Nase gespielt werden.

Neben Proportionen ist noch Alter ein Thema. Man möchte möglichst alt werden, ohne so auszusehen. Im Weltnetz wird gefeiert, wer das schafft. Ob dabei Filter eine Rolle spielen oder Spritze und Skalpell spielt keine Rolle. Die Frau sieht noch toll aus mit über fünfzig, ups, der Filter war verrutscht, doch nicht. Das Scheinen wird auch schon mal lebensbedrohlich. Um jemanden darzustellen, hungern sich die einen zu Tode, die anderen sterben bei Operationen, in denen Körperteile bis grotesk vergrößert werden. Gesichter werden zur Maske plastiliert, womöglich gäbe es auch gar nichts mehr aus dem Inneren auszudrücken. Ansonsten müsste einem die Bewegungsfreiheit doch fehlen. Schon zu Lebzeiten konserviert wie die, die in den Stadthallen als Leichen on Tour ausgestellt werden.

Am Ende trägt man stolz sein Durchschnittsgesicht aus der Hand des Durchschnittschirurgen. Millionen drücken mit Bildern auf der Haut und Ringen an allen erdenklichen Körperteilen ihre Individualität aus. Die Mode von Baader wurde durch die aus dem Tattookatalog ersetzt. Alles lässt sich gestalten, alles verändern. Das Leben, der Körper, das Ich als Baukasten. Und wenn und weil man nicht so genau weiß wie, schaut man bei anderen und folgt, ganz individuell.

Wo sind die Methoden, die Produkte und die Influencerinnen für innere Schönheit. Wo sind die Anführer der Menschlichkeit, die Millionen begeistern und damit Mode machen? Wo sind die Alternativen zum Angebot, in dem man sich selbst und das eigene Leben optimiert, ganz bei sich ist und sich selbst am Ende der Yogapraxis dankt, dass man sich Zeit für sich genommen hat? Ich selbst habe mir meins für mich genommen und dafür feiere ich mich meinetwegen.

Andere Existenzformen

Ein Haus der neuen Hühnerfarm fällt auf. Jeden Abend um halb sieben lässt es seine Rollläden herunter. Meist alle. Irgendwann im Frühling fing das an oder fing zumindest an, aufzufallen. Es fiel auf, als man langsam begann, sich über die länger werdenden Tage nach der langen Dunkelheit des Winters zu freuen und um jede Minute Tageslicht froh war. Gerade also als ich anfing aufzuatmen, fielen die bei schönstem Sonnenschein schon früh am Abend geschlossenen Rollläden in diesem Haus auf. Während ich noch in der Sonne saß und auftankte, war in diesem Haus alles verdunkelt. Gerne wüsste ich, was dahinter steckt. Eine Abendsonnenunverträglichkeit oder Einschlafprobleme von Kindern, ein medizinisches Problem vielleicht. Was veranlasst wohl dieses Haus so früh, selbst bei allerschönstem Wetter konsequent die Rollläden zu schließen und Bewohner in Dunkelheit zu halten. Ob das wohl auch über den Sommer so geht. Ich beschließe, das im Blick zu behalten, aus Interesse an anderen Lebensformen.

Eigentlich interessiere ich mich wenig für das, was andere tun und lassen. Mit der Pandemie kam eine gewisse Reizarmut ins Leben, sehr angenehm und erholsam. Ein Nebeneffekt ist, dass man jede Belanglosigkeit deutlich bemerkt. Irgendwelche Männer mit Jacken und Mänteln oder Rollladenschließgewohnheiten werden plötzlich zum Thema. So ein Rentnersymptom, wenn die Tage leer werden.

Andererseits ist mir auch gar nicht danach, sie zu füllen. Die Zeit ist wertvoll, ich will sie nicht füllen, nicht vergeuden. Ich will die Zeit mit dem zubringen, was auch Wert hat. Aber was ist wertvoll? Das gilt es zu entscheiden. Plötzlich ist es eine Frage nach dem ganz Großen und jede kleine Entscheidung scheint viel zu wirkungslos, um dem gerecht zu werden. Was ist lohnend genug, um die wertvolle Lebenszeit damit zu verbringen. Jede Minute nur ein einziges Mal, keine Stunde kommt wieder und mit jedem vergangenen Tag fehlt einer in der Liste, deren Länge niemand kennt. Vielleicht habe ich noch 20 Jahre oder nur noch heute.

Was soll man mal über dich sagen?
Welche Spur möchtest du hinterlassen haben? oder
Was soll auf deinem Grabstein stehen?,

sind die Hilfsphrasen, um die Frage zu klären. Was soll schon auf dem Stein stehen sollen. Das Übliche: geboren dann und dort, das Gleiche für gestorben und der Name. Auf dem Friedhof einer großen und für ihren Hang zur Morbidität bekannten Stadt, haben wir eine ältere Frauen vor ihrem zukünftigen Grabstein sitzen sehen. Alles war bereits parat. Ihr Mann lag schon unter dem Stein, auf dem auch bereits ihr Name steht und ein Foto von ihr zusammen mit ihrem Mann zu sehen ist. Nur das Datum für ihren Sterbetag muss noch ergänzt werden. Sehr praktisch. Alles ist vorbereitet. Ein gutes Gefühl, zu wissen, wo man hingehört. Da unten in diese Erde. Mit den erwachsenen Söhnen wird dieses Grab des Vaters und Ehemanns regelmäßig besucht. Hinter dem Stein ist eine kleine Sitzgarnitur verstaut, ein Picknick bringt man mit und sitzt zusammen vor Vaters Grabstein. So kann sich die Frau bereits mit der Umgebung vertraut machen, ihr eigenes Foto auf dem Grabstein betrachtend. Die Frage nach erfüllten letzten Tagen stellt sich so wohl nicht mehr und belastet dann ja auch nicht. Das ist ein möglicher Weg. Dem Stein mit der Simulation meines verstorbenen Ichs möchte ich aber nicht so recht gegenüber sitzen. Also kein Foto auf dem Stein, nicht für mich jedenfalls und nicht jetzt. Da schlage ich mich lieber mit der Richtungsbestimmung herum.

Ein anderer Stein auf einem Friedhof einer anderen Stadt fällt mir ein. Deutlich weniger eingebunden in das Leben, quasi ein Gegenentwurf. Ohne Namen, niemand weiß, wer im verkrauteten Grab liegt. Nur dass sie Kinder hatte, davon zeugt die Inschrift *Mutti unvergessen* auf dem noch nicht so alten, aber fast völlig überwucherten Stein. Nicht-vergessen muss ja nicht Grabpflege und Unkraut jäten bedeuten.

Scheitern

Der Strand ist voller weißer Federn. Hier am Fluss wohnen die Schwäne. Gegenüber auf der anderen Uferseite fängt der Wald an. Jetzt ist er fast schon einheitlich grün, die hellgrünen Frühlingsblätter sieht man nicht mehr. Nur ein paar braune Flecken. Einige Bäume haben es nicht geschafft. Letztes oder vielleicht schon vorletztes Jahr sind sie abgestorben, verendet wegen Trockenheit. Nach 50 Jahren oder mehr an diesem Standort konnten sie sich nicht mehr halten und sind eingegangen. Auch ich konnte mich an meinem Arbeitsplatz nicht mehr halten. Wenn ich dort hätte bleiben müssen, wäre auch ich eingegangen. Zum Glück kann ich mich bewegen. Genaugenommen habe ich mich nicht bewegt, sondern wurde bewegt. Ich wurde gekündigt und des Standortes verwiesen.

Nicht dass ich dort hätte bleiben wollen, aber zu gehen, wäre unehrlich gewesen. Es hätte nicht gezeigt, dass hier Leute gewaltsam von ihren Plätzen verdrängt werden. Es hätte nach einvernehmlichem Unverständnis auf Augenhöhe ausgesehen und das war es nicht gewesen. Also kündigte ich nicht, ich wurde gekündigt. An dieser Stelle bin ich also gescheitert, würde man wohl sagen. Den Bäumen, die an ihren Standorten nicht überleben können, würde man wohl kein Scheitern vorwerfen. Man hat sie dort ausgetrocknet, nicht gezielt, aber im Großen und Ganzen hat man zugelassen, dass ihr Überleben unmöglich wird. Dabei war man fahrlässig, denn man weiß ja seit langem, dass es so kommen wird. Und auch jetzt, wo es schon lange sichtbar ist, entscheidet man sich nicht für eine Kehrtwende. Sollen die Bäume halt vertrocknen, es werden andere kommen. Meint man.

An einigen Stellen malt der Personalberater grüne Punkte neben die roten im Diagramm. Es geht um meine Standortbestimmung. Dass ich beim Leistungsstreben keine ganz hohen Werte habe, führt er auf das Erlebte zurück, genauso beim Pflichtbewusstsein. Ja, die Frage, ob und inwieweit man sich für seine Arbeit, die Organisation und eine Sache einsetzen soll, sehe ich jetzt anders als früher. Meine Ansprüche an mich selbst lege ich nicht mehr so hoch. In der neuen Arbeitswelt sind diese Eigenschaften nicht nur nicht gefragt. Nein, sie sind hinderlich. Gut gelogen bringt mehr Erfolg als gut gearbeitet. Verantwortung zu übernehmen kann einem selbst sehr schaden, bis sie einem die Existenzgrundlage entziehen. Leistung lohnt nicht, wenn Darstellung belohnt wird. Entertainment überzeugt und nicht nur in der Arbeitswelt. Die beste Geschichte gewinnt, die Story, die beim Publikum am besten ankommt. Was wenn das Publikum auf Thriller, Fantasy oder Horror steht? Dann wird gewählt, wer das Bild einer Invasion Entmenschlichter in unser gelobtes Land zeichnet und deren Ausrottung als Lösung platziert. Wer Impfung und totale Isolation erfolgreich als einzig richtigen Weg in den Köpfen etabliert, kann Menschen mit anderer Perspektive problemlos in die Rolle skrupelloser Quasimörder verweisen, im Schauspiel mit Namen Pandemie. Und die meisten rennen mit, lassen unhinterfragt für sich denken und entscheiden.

< *Sind die grünen Punkte meine Sollwerte, oder was ist das*, frage ich den Berater.

> *Nein, da sehe ich sie eigentlich, wenn sie wieder bei sich selber sind. Ich würde mal sagen, sie sind jetzt wieder bei ungefähr 90%, ein bisschen was geht noch. Und wenn es ihnen wieder richtig gut geht und wir wieder ihr Lächeln sehen, dann klappt das schon mit dem Job.*

< *Aha.*

Er korrigiert also die Messergebnisse der Tests. Erst am nächsten Tag wird mir das klar, aha, also so geht das. Den Test hatte er mir als super Tool und neutrale Grundlage für die Diagnose meiner Stärken und Schwächen angekündigt. Ich denke an die Testergebnisse auf der Dimension Verträglichkeit. Auch die hätte laut Test gelitten, nicht mehr so altruistisch wie früher. Das findet er gut, der Berater und meint, ich dürfte ruhig etwas egoistischer werden, in einem gesunden Sinne egoistisch natürlich. Mal sehen, was sich machen lässt.

Die Ordnung der Dinge und der Tiere

Das Salatfeld wird jetzt umgepflügt. Heute früh haben die Pflücker die letzten Köpfe geerntet. Nur wenige Wochen nach dem Setzen ist alles schon wieder vorbei. Hinter den Traktor laufen die Störche her, Rotmilane umkreisen die Szene, scheinen aber nicht den Vorrang zu haben. Nach ihnen kommen die Möwen. Wie haben die so schnell mitbekommen, dass es etwas zu holen gibt oder jemanden, an den ich nicht zu denken wage. In der Futterkette ganz am Ende sein, ist übel. Maus sein zum Beispiel ist übel, da bin ich sicher. So viele über dir und du kannst nur fliehen. Teils bist du Futter, teils aber nur Objekt grausamer Spiele, wovon ich leider schon Zeugin wurde.

Neulich nachts, ein lautes und gepresstes Maunzen im Haus. Es ist halb drei und der Kater hat etwas mitgebracht, einen Beitrag im Rahmen seiner Möglichkeiten. Als er mich sieht, lässt er sie fallen und die Maus rennt um ihr Leben. Kater rennt hinterher, Mensch auch. Der Kater freut sich, endlich machen wir wieder mal was zusammen. Eine halbe Stunde später ist die Maus draußen, erst mal gerettet, der Kater mutmaßlich beleidigt oder enttäuscht. Der Mensch ist hellwach, wird aber mit jedem Mal etwas flinker bei der Jagd.

Ich kenne selbst auch diese andere Seite und habe keine Lust mehr, als Beute und Belustigung am Ende der Nahrungskette Dienst zu tun. Vielleicht ist das keine allzu hilfreiche Perspektive bei der Arbeitssuche. Der Personalberater erklärt mir jetzt, dass ich nicht arbeitslos bin sondern stellensuchend und das wäre Arbeit. Schließlich bedeute die Stellensuche viel Aufwand, ich bekäme Geld dafür und man würde erwarten, dass ich Vollzeit Arbeit suche. Nun ja, zum ersten Punkt: das sehe ich anders. Zum zweiten Punkt: fast zwanzig Jahre habe ich Versicherungsbeiträge gezahlt, viel gearbeitet, Leistung gebracht, Verantwortung übernommen und am Ende dafür gesorgt, dass ansonsten verschleuderte Steuergelder in Millionenhöhe anders eingesetzt werden können oder könnten. Schon klar, letztlich interessierte es niemanden. Und mich interessiert es jetzt auch nicht, dass ich nicht produktiv bin und aus dem Versicherungstopf bezahlt werde, nicht mehr.

> *Sie können auch mal bei einem Businesswoman Netzwerk schauen*

< -

> *da unterstützen Frauen Frauen*

< -

> *ich sehe ihre Augenbrauen gehen hoch.*

Das hat der Berater ganz richtig beobachtet. Warum eigentlich, woher die Skepsis. Frauen helfen Frauen. Ist doch toll. Oder wäre doch toll, deckt sich halt nicht mit meinen Erfahrungen. Leute helfen anderen, Mann, Frau, divers, egal, nur sind Frauen nicht die besseren Menschen. Bisweilen gar im Gegenteil, wenn Neid ins Spiel kommt oder Missgunst, wenn unterschiedliche Lebensentwürfe konkurrieren. Karrierefrau versus berufstätige Hauptmutter zum Beispiel. Oder Frau, die es in die und in der Männerwelt geschafft hat und die Privilegien des Exoten- oder Quotenstatus nicht teilen mag. Wie ermüdend das Ganze. Nichts ist klar, keine Leitlinie zuverlässig. In meiner üblen Situation haben sich weder Kolleginnen noch in der Organisation verantwortliche Frauen fairer als Männer verhalten und sich nicht mal gegen sehr offensichtliche Frauenfeindlich positioniert. Frau hofft, dass sie selbst nicht betroffen wird und die Wahrscheinlichkeit ist höher, wenn sie sich ruhig verhält und anpasst. Jedes Gegenüber ist einzeln auf Vertrauenswürdigkeit abzuprüfen. Vorsicht ist geboten bei der Selbstoffenbarung. Denen geh ich nicht ins Netz.

Der Anteil von Männern ohne Migrationshintergrund sei laut Statistik rund ein Drittel, ihr Anteil in Führungspositionen im Land bei über zwei Dritteln. Für ihren Post im beruflichen sozialen Netzwerk wird die Autorin in den Kommentaren kritisiert. Man versucht, sie lächerlich zu machen. Sie verstehe wohl nichts von Statistik. Das Narrativ von den besseren, leistungsbereiten und fähigen Männern und den anderen, die sich nicht anstrengen wollen oder ihre Prioritäten anderswo im Leben setzen, wird als Begründung für die Ungleichheit herangezogen. Schon klar, Frauen wollen lieber daheim bei den Kindern sein, Leute mit Migrationshintergrund sind zu schlecht ausgebildet und der richtige Mann füllt die Lücke und übernimmt das Ruder, glücklicherweise.

Die Kritik an dem Post kommt aus der Gruppe des privilegierten Drittels mit gewissen Chancen auf die Positionen am Ruder. Die, die sich für fähiger halten, stützen das System, in denen diese, die der richtigen Gruppe angehören und sich für fähiger halten, mehr Chancen haben. Kein erstaunlicher Sachverhalt, das gebe ich zu. Aber keine Lust habe ich mehr darauf. Nicht mehr als Hexe verbrannt werden, ist mir zu mager als Fortschritt von ein paar hundert Jahren.

Verloren in All und Allem

Was tun, wenn es auf gefühlt halbem Wege im Leben nicht mehr weitergeht? Hier ist Schluss. Probieren, ob wirklich Schluss ist oder ob es nicht einen Ausweg, einen Seitengleis oder eine Umleitung gibt. Wobei, ich war doch gar nicht oder nicht mehr auf dem Weg zu einem Ziel. Dann lässt sich genauso gut ein beliebiger anderer Weg einschlagen. In welche Richtung könnte es weitergehen, von dort aus, wo man steht? Sei wie Wasser, folge dem möglichen Weg ist eine Option. Dem zu folgen, hieße aber womöglich, sich bergab bewegen. Dann verliert man wertvolle, mühsam erarbeitete Höhenmeter. Das Universum wird dir den Weg weisen. Probiere ein paar Dinge aus und was funktioniert, gibt die richtige Richtung an. Vielleicht, vielleicht auch nicht, wer weiß das schon. Nochmal eine ganz andere Richtung einschlagen, wie kann das gehen. Man hat ja nicht mehr ewig Zeit und schon gar nicht Energie, eine Richtung einzuschlagen, die man bisher nicht gegangen ist, weil sie einem fremd ist und weil man sie sich nicht zutraute oder vielleicht bisher auch gar nicht wollte.

Perspektiven auf das Leben und die Wünsche müssten sich ändern, damit ein neuer Weg gangbar und attraktiv scheint. Die Voraussetzungen dafür sind gut, wenn das eigene Wertesystem attackiert wurde und man ein paar Anpassungen vorgenommen hat. In das Alte nicht mehr zurück können, weil man es nicht mehr ertragen kann, macht den Raum frei, reicht aber nicht. Alles mögliche muss losgelassen werden und zwar schon bevor der nächste sichere Halt in Sicht kommt. Und, Achtung!, entgegen esoterischem Glauben gibt es keine Garantie für ein Gelingen. Scheitern ist auch auf neuen Wegen möglich, und das hat man ja gerade hinter sich. Und so tastet man sich weiter durch den Nebel des Lebens.

Nachts lohnt der Blick in die Sterne. Früher wurden sie für die Seefahrt als Orientierung genutzt. Heute orientieren sich tatsächlich auch noch einige in Horoskopen und ähnlichem an ihnen. Sie sind an uns völlig uninteressiert und existieren einfach in sicherem Abstand seit langer Zeit und werden es noch, wenn wir längst nicht mehr hier sind. Beruhigend ist das. Es kümmert dort niemanden, dass wir sie zu abstrusen Sternbildern zusammengefasst haben, die beim besten Willen die Figur, nach der sie benannt sind, nicht erkennen lassen. Schütze zum Beispiel. Einzig der große Wagen ist vielleicht halbwegs plausibel und das Kreuz des Südens.

Doch trotz der Unantastbarkeit scheint auch dort nicht alles so rosig zu sein. Was ist zum Beispiel mit Beteigeuze los? Ein Riesenstern hunderte Male größer als unsere Sonne und Teil des Sternbild Orion. Er soll die Schulter des Schützen darstellen, von dem wenn überhaupt höchstens der Gürtel zu erkennen wäre, wenn man mich fragt. Und eben dieser Beteigeuze, der unglaublich hell und orange leuchtet, schwächelt jetzt. Auch Sterne haben das anscheinend mal, sind nicht immer topfit. Hätte Beteigeuze einen Burnout, stünde ihm wohl noch eine zweite Karriere in Form der Supernova eines Roten Überriesen offen. Was wissen wir schon über ihn, und über All die anderen und das Ganze. Vermutlich kaum etwas und die in die Welt gestellten Hypothesen von Urknall, Ausdehnung des Universums und dunkler Materie werden im All mit Belustigung verfolgt. Auf der Erde muss man etwas nur mit Überzeugung vortragen und Fiktion wird Fakt. Unsere unbedeutende Spezies wird hier verschwinden von einem temporär selbst verwüsteten

Planeten und das ist gut so. Unsere Chance haben wir vermasselt und sind gescheitert. Niemand im All wird sich dafür interessieren und das sind vermutlich viele. Aber sie haben mit sich selbst zu tun, denn woanders ist das Leben auch nicht einfach. Herausforderungen gibt es überall, Gefahren und das Risiko zu scheitern auch.

Der Therapeut meint, man solle sich mit seinem höheren Selbst verbinden, dann würde die Energie wieder fließen und man sähe den richtigen Weg. Wer oder was könnte dieses höhere Selbst sein und wie sollen wir beide uns verbinden? Das Höhere scheint mir eher dort draußen zu sein und nicht meins. Verbinden würde ich mich damit sehr gerne, nur wie.

< *Ihr könnt mich jetzt abholen!* ins Weltall hinausgeschrien, könnte man ja mal probieren. Man ginge kaum ein Risiko ein. Wenn sie dann nachts mit leicht orange-violett phosphoreszierendem Licht mit dem kleinen Feeder-Raumschiff im Garten landen, um mich abzuholen, wäre das für die Nachbarschaft erstaunlicher als mein Schrei ins All. Und da ich dann ja weg wäre, bekäme ich die Blicke auch nicht mehr mit. Ob ich die Katze mitnehmen kann.

Nachdem ich eine Weile wegen Burnout krankgeschrieben und in Therapie gewesen war, begann ich mich leicht besser zu fühlen. Entgegen jeder Vernunft wollte ich mit kleinem Pensum wieder in die Arbeit einsteigen. Mein Arzt hielt es für keine gute Idee, aber ich hatte das Gefühl, solange ich nicht bewegungsunfähig und halbtot im Bett läge, müsste ich doch meiner Verantwortung gerecht werden. Das bescherte mir eine der übelsten Episoden der ganzen Geschichte und gleichzeitig eine Klarheit, an der ich danach nicht mehr vorbeischauen konnte.

Mit der Case Managerin der Organisation hatte ich vorab besprochen, dass ich im nächsten Monat einen Wiedereinstieg in meine Arbeit mit zunächst einem Tag pro Woche versuchen sollte. Sie teilte mir mit, es solle noch ein Gespräch dazu stattfinden. Vor Beginn des Monats wäre aber keine Zeit dafür. Als ich mich dann zu Beginn des Monats aus dem

Homeoffice an die Arbeit begab, dauerte es keine zwei Stunden bis der Vorgesetzte mich per Email schreiend aufforderte, sofort die Arbeit niederzulegen. Zuerst müsse ein Gespräch stattfinden. Vorgesetzter, toxischer Umgang und das Spähernetz in der Organisation funktionierten also noch genau wie vorher. Während Monaten der Krankheit hatte offenbar in mir die Illusion weitergelebt, dass sich die Umstände verbessern könnten, dass Lösungen gefunden und die Beteiligten einen besseren Umgang mit der Sache und miteinander finden könnten. Hatten sie aber nicht. Ich schickte noch eine Anfrage an die Leitung der Organisation, wie ich reagieren sollte. Schließlich zog ich mich wieder von der Arbeit zurück, als nach einigen Stunden immer noch keine Antwort gekommen war. Bestürzt über meine eigene offenbar nicht tot zu kriegende grenzenlose Hoffnung auf das Gute und auf positive Entwicklung war nun alles restlos enttäuscht.

Einige Tage später brachte die Post eine Vorladung der Organisation zu einem persönlich von mir wahrzunehmenden Termin. Da ich trotz teilweiser Arbeitsfähigkeit nicht arbeiten würde, bräuchte es diesen Termin. Der Termin sollte mit der die Ressource Mensch beackernden und verwaltenden Abteilung stattfinden. Mich beschlich die Erkenntnis, dass mein Vorgesetzter in Sachen Lüge, Verleumdung und Fake-Factizismus nicht besonders kreativ war. Er kupferte einfach von der Organisation ab, die ich ursprünglich mal für fair und integer gehalten hatte. Hier war er also in die Lehre gegangen. Wie naiv war es gewesen, sich dort über menschenfeindliches Verhalten des Vorgesetzten zu beschweren.

Für mich war der Moment gekommen, den Rahmen der Organisation endgültig zu verlassen und ich wandte mich an eine Anwältin. Sie hatte schon diverse Fälle gegen die Organisation und meine Abteilung vertreten. Ich käme gerade recht, sie sei im Begriff, gerade zwei andere Fälle mit der gleichen Organisation abzuschließen. Irgendwann ist der Punkt erreicht, um Profis einzuschalten, loszulassen und sich zu retten. Und das war jetzt.

Die Qualle erscheint am Tippingpoint

Die Quallen kommen. Mit der Klimaerwärmung rücken sie in die Nordmeere vor. Ich habe mit ihnen bereits Bekanntschaft gemacht, mit ihren Tentakeln und eben an einem Ort, an dem ich es nicht erwartet hatte. In einem kleinen Fjord durch den Hafen in Richtung Meer schwimmend sind wir uns wohl begegnet, vermutlich ein ganzer Schwarm. Man spürt es nicht sofort. Erst etwas später bemerkt man ein leichtes Brennen, das stärker wird und einige Stunden anhält. Normalerweise bleibt der Schmerz aber unterhalb der Nachts-nicht-schlafen-Schwelle. Wenn man ihnen begegnet, sieht man sie normalerweise nicht im Wasser. Sie hinterlassen lediglich ihre Brandmarke auf der Haut und der Mensch fühlt sich angegriffen, verletzt, ohne sich Rechenschaft darüber abzulegen, für wie viele Brandmarken auf Milliarden anderer Lebewesen er verantwortlich ist.

Später, in einem Hafenbecken an einer anderen Stelle der Küste, konnte ich eine dieser Kronenquallen genauer betrachten. Eigentlich hatte ich gedacht, sie wären nicht an diesem Teil der Küste und ich könnte wieder gefahrlos ins Wasser gehen. Schon wieder eine Täuschung, die Welt ist wirklich voll davon. Dort hing die Qualle auf jeden Fall sehr gechillt an einem Holzsteg und tentakelte weltvergessen vor sich hin. Schöne, ja was eigentlich, Tiere. Leicht farbig getönter und doch transparenter Körper. Sie sterben praktisch nie, je nachdem was man als Leben oder als s i e ansieht. Die Veränderungen des Klimas sind günstig für sie, sie haben es lieber etwas wärmer. Und so ist jetzt vielleicht das Zeitalter der Qualle gekommen oder besser, wir haben es herbeigeheizt. Das war uns lange nicht bewusst und später dachte man, man könnte es wegerklären und so sieht man wieder, wie wenig wir von der Welt begreifen.

Der Klimawandel ist kein abrupter. Schon seit vielen Jahrzehnte ist klar, dass er kommt und dass er durch uns Menschen verursacht ist – neben all den anderen Problemen, die wir für die Umwelt und uns selbst schaffen. Schon vor zwei Generationen warnten die Vorausschauenden davor. Die ganz im Moment Lebenden hielten dem entgegen, dass man es nicht beweisen könne und überzeugten damit die Bequemen, die Gleichgültigen, die Profiteure und die ohnehin bald Sterbenden. In Summe waren das dann viele.

Als die Probleme unübersehbar waren, wurden die Zusammenhänge geleugnet. Als die Zusammenhänge immer schwerer bestreitbar waren, wurden die vorgeschlagenen Änderungen abgelehnt. Als man mit den Änderungen begann, wurden sie als Ursache für andere Probleme angegriffen, und so weiter und so fort. Erst wenn das letzte Skigebiet die Gletschermumien freigegeben hat, das letzte Urlaubsparadies im Meer versunken und der letzte Virus aus dem Permafrost gekrochen ist, wird man merken, dass man Wandel nicht wegreden kann. Wie blöd kann man eigentlich sein. Auch der Kampf dagegen scheint verloren.

Ich hatte meinen Weg in Ausbildung und Arbeit vor 30 Jahren gewählt, um die Dinge zum Guten zu wenden. Durch Forschung und Entwicklung könnte man Lösungen für drängende Probleme entwickeln, dachte ich. Da wollte ich mitmachen. Nach und nach zeigte sich, dass sich weder Forschung und Entwicklung wirklich der Lösung verpflichtet fühlen, noch dass die Welt etwas von drängenden Problemen wissen wollte. Als mir nach langen Jahren endlich klar war, dass ich in der Sackgasse gelandet war, suchte ich eine Veränderung. Es war zu belastend, zu frustrierend. Ich suchte mir einen Job zum Arbeiten, ohne Wertebezug dachte ich. Und dann kam das. Mich in ein toxisches Umfeld einreihen, andere abwerten und fertigmachen, Gelder, die mir nicht gehören, verschleudern – das ginge gegen meine Werte. So sehr, dass sogar Scheitern besser war. Welche Ironie. An einem bedeutungslosen Ort mit belanglosen Tätigkeiten und wertefernen Aufgaben holen einen ausgerechnet die eigenen Werte ein und dieses Dilemma wird existenzgefährdend. Was ich meinte, losgelassen zu haben, kam durch die Hintertür wieder herein, traf mich unvorbereitet und zwang mich zur Positionierung. Jetzt weiß ich wieder, wo ich stehe und was ich bereit bin, dafür einzusetzen. Auch weiß ich, dass man getrost was auch immer loslassen kann, denn im Griff hat man ohnehin nichts.

Die nach Norden vordringenden Quallen gefährden jetzt sogar Fischbestände, heißt es. Ja, will man sich jetzt ernsthaft darüber beschweren, dass wir mit den Folgen der eigenen Versäumnisse behelligt werden. Sie werden noch durch die Weltmeere quallen, wenn wir hier längst verschwunden sind. Ich kann damit gut leben.

Drehbuch für Loser

Der Platz ist leicht belebt. Leute laufen größtenteils allein und mit Abstand zueinander kreuz und quer darüber. Sie kommen aus Gassen, die auf den Platz münden, oder laufen wieder in die kleinen Straßen hinein. Einige größere Gebäude begrenzen das hellgraue, glänzende Steinpflaster auf dem Boden. Der Platz hat eine leichte Wölbung, wie ein ganz flacher Hügel. Die Szene ist übersichtlich, aufgeräumt. Ziemlich genau in der Mitte steht ein großer Sack auf dem Platz. Durch das transparente Plastik sind schon von weitem deutlich Teile einer Frauenleiche mit rot lackierten Fingernägeln erkennbar. Die Passanten gehen achtlos daran vorbei. Niemand interessiert sich dafür oder schaut auch nur hin.

Das kann nicht sein. Hier ist ein Verbrechen geschehen. Man muss die Polizei rufen und sie müssen den Mord untersuchen, sofort. Ein Mörder läuft irgendwo frei herum. Die Polizeiwache in einem großen gründerzeitlichen Gebäude ist geschlossen. Die Fensterläden sind zu und niemand öffnet auf mein Klingeln. Auch über das Telefon ist die Polizei nicht erreichbar. Ein Junge nimmt den Anruf entgegen und erklärt, dass sein Vater – der Polizist – im Homeoffice arbeite, momentan aber nicht ans Telefon kommen könne. Er sei mit anderem beschäftigt. Ob ein späterer Anruf sinnvoll sein könnte, bleibt offen. Den Jungen kann man mit dem Leichenfund nicht traumatisieren. Und so bleibt mir nur das Unverständnis über einen grausamen Mord, für den sich weder die

Gesellschaft noch die Polizei interessieren. Die Ordnung scheint dadurch nicht gefährdet.

Das war wohl der verstörendste und deutlichste einer Reihe schwieriger Träumen in meiner Zeit als Ausgegrenzte und Angefeindete in einer Organisation, die keinerlei Schutz bot. Im Gegenteil, sie problematisierte mich und unterstützte den Täter. Mittlerweile habe ich gelernt, dass diese Geschichte einem universal gültigen Drehbuch folgt. Dort ist beschrieben, wie Gruppen mit solchen Situationen umgehen. Das Unrecht wird erst ignoriert, geleugnet und heruntergespielt. Wird die Organisation immer wieder mit Beschwerden konfrontiert, werden daraus Argumente, die Betroffene als schwierig zu labeln und sich offen hinter das Unrecht zu stellen. Die Betroffene wird als Störfaktor der Organisation identifiziert. Ausgangspunkt und Verursacher interessieren nicht. Ein paar Jahre später, nachdem ich ein umfassenderes Bild von der Organisation, ihren Werten, insbesondere den nicht vorhandenen und dort üblichen Umgangsformen mit- oder gegeneinander habe, muss ich sagen, dass es stimmt. Dort passte und passe ich nicht hinein und ich bin froh darüber und auch etwas stolz darauf.

Die andere Seite gibt es auch, zum Glück. Zum Irrsinn der toxischen Arbeitswelt existiert ein Gegenpol: die Helferindustrie. Allen voran unterstützt das Gesundheitswesen mit Ärztinnen, Psychiatern und Therapeuten diejenigen, die aus der arbeitenden Welt herauszentrifugiert wurden, beim Gesunden.

Dann gibt es Coaches und Mediatorinnen, die helfen sollen und wollen, eine neue Perspektive auf die Welt zu finden und damit weiterzuleben. Einige von ihnen tun das mit ganzem Einsatz als Mensch und sie machen damit einen Unterschied. Die lange Zeit unter Beschuss durch den Vorgesetzten und in dem toxischen Umfeld hätte ich ohne einen sehr unterstützenden und menschlichen Coach kaum so lange durchgestanden. Ironischer Weise bezahlte der Arbeitgeber das Coaching als Unterstützung in der schwierigen Situation – leugnete dennoch die Zustände in der Abteilung.

Unterstützer finden sich auch hier und da bei den zuständigen Ämtern und Stellen, die eine Hilfe zum Lebensunterhalt verwalten und einen Wiedereinstieg in das System ermöglichen sollen.

Diese andere Seite ist allerdings auch nicht immer einfach. Ich will nichts beschönigen. Außer mit der Hexe musste ich auch mit anderen Dingen zurechtkommen. Man müsse auch Kompromisse machen, damit man im System überlebt, hörte ich. Sicher mache ich Kompromisse. Ein paar Millionen wegschaffen sollen, ist nur nicht die Dimension für Kompromisse. Sich terrorisieren und entwürdigen lassen auch nicht.

> *Als ich jung war, gab es schwarz und weiß. Mit dem Alter ist grau dazugekommen,* zitiert der Personalberater einen seiner Kunden. Mag sein. Vielleicht muss man sich aber auch nur das eigene Verhalten im Graubereich schönreden, weil man zu oft zum Falschen ja gesagt hat, um voranzukommen. Grau ist das neue Schwarz. Manchmal gibt es aber noch richtig und falsch und das gehört dann unterschieden. Falsch als richtig umidentifizieren oder als etwas zwischendrin, verschiebt das ganze Farbspektrum nachhaltig. Das kann dann auch auf der vermeintlich guten Seite zum Problem werden, wie sich herausstellte.

Das Wasser dampft in der kalten Morgenluft. Erste Sonnenstrahlen leuchten durch Gräser und Blüten, die schon von Hummeln besucht werden. Es ist idyllisch, so sollte die Welt immer sein und das Leben auch. Ich schwimme auf dem Rücken mit Blick in den weiten klarblauen Himmel. Heute ist Schwimmen, kein Tag zum Rennen. Die friedliche Morgenstimmung hier tut gut und das habe ich auch sehr nötig. Gestern war das Einschlafen wieder schwierig und die Illusion, dass jetzt alles gut und geregelt oder zumindest frei von Willkür weiterlaufen könnte und in ein normales Leben übergehen, ist auch schon wieder dahin, genauso wie das erst vorsichtig aufkeimende Zutrauen in die Behörde.

Kontinuierlich seit Jahren bemühe ich mich, einen neuen Job zu finden. Es ist extrem zäh und seit kurzem, sehr kurzem, bekomme ich Arbeitslosengeld, um die Zeit zu überbrücken. Dass das geregelt läuft, ist unterdessen aber auch nicht mehr sicher. Mein vorsichtig gefasstes

Zutrauen, dass diese Dinge nach klaren Regeln laufen, hat sich pulverisiert. Gestern kam ein Anruf vom Berater des Arbeitsamtes. Er ist sehr aufgebracht. Ich hätte mich nicht ausreichend um die Stellensuche bemüht und er deswegen eine Meldung von der Rechtsabteilung bekommen. Völlig irritiert und erschrocken brauche ich eine Weile, um zu verstehen, was los ist. Das Gefühl von damals unter Dauerbeschuss wird augenblicklich reaktiviert.

> *Sie müssen eine gewisse Anzahl von Bewerbungen pro Monat schreiben. Fünf ist einfach zu wenig, acht müssten es schon mindestens sein*, er klingt völlig aufgelöst, fast panisch. In mir steigt Übelkeit auf.

< *Warum haben sie mir das nicht gesagt?*

> *Also, das können sie jetzt nicht... das hatte ich ihnen gesagt.*

< *Über eine Zahl hatten wir nie gesprochen, da bin ich sicher. Es gibt auch nicht jeden Monat so viele Stellen, auf die ich passen würde. Darüber hatten wir gesprochen.*

> *Ja, das weiß ich, aber sie müssen. Die wollen das so. Schreiben sie halt irgendwas rein. Die sehen in ihrem Tool nur Zahlen und dann sehen sie, dass es zu wenig sind. Man geht davon aus, dass sie hauptberuflich Stellen suchen. Bisher war die Anzahl in dem Programm für Höherqualifizierte kein Thema, aber jetzt sehen die das wohl anders. Schreiben sie irgendwas rein, wir müssen wieder unter den Radar von denen kommen.*

Er ist total aufgelöst und aus der Fassung.

< *Ja, wenn es solche Regeln gibt, irgendwelche Kennwerte, dann wäre es gut, wenn ich das wüsste und zwar vorher*, fühle mich leicht zittrig. Jetzt geht das wieder los. Unterstellungen und Vorwürfe, diesmal, dass ich mich nicht um eine neue Anstellung bemühen würde. Ja, meine Motivation für die Arbeitswelt ist nicht mehr die alte und die Hoffnung schon gar nicht, aber suchen, schreiben, Absagen ablegen und Gespräche führen das tue ich weiterhin.

Es sei wichtig, dass ich eine gewisse Anzahl im Tool dokumentiere, ich solle halt was reinschreiben. Er würde jetzt im Protokoll vermerken, dass ich mich qualitativ bewerbe, wir das so vereinbart und keine Anzahl ausgemacht hätten. Hatten wir auch nicht. Fünf Bewerbungen pro Monat wären aber zu wenig, ich solle mindestens acht eintragen.

Ich frage mich, ob es keinen Ort, keine Organisation und einfach nichts gibt, was halbwegs vertrauenswürdig läuft. Woran soll man sich orientieren, wenn Absprachen volatil sind, wenn Regeln ad hoc erfunden und flexibel als Instrument gegen einen eingesetzt werden? Ob man sich allerorten und jeder Zeit auf einen Angriff auf seine Person und die Existenzgrundlage gefasst machen muss? Die unerträgliche Mischung aus Willkür, Ausgeliefertsein und Ohnmacht erodiert alle Zuversicht und die braucht es, um wieder in die Arbeitswelt zurückzufinden.

Ein paar Minuten später ruft der Berater nochmal an. Die Anzahl sei nicht das Problem. Es ginge darum, dass ich in der zweiten Hälfte des Monats keine Bewerbungen geschrieben hatte. Dass ich zwei Wochen nichts tue, ginge nicht. Schon wieder. Dieser üblen Unterstellungen bin ich mehr als überdrüssig. Kontinuierlich checke ich die Stellenbörsen und es gibt diverse Wochen, in denen es einfach keine passenden Stellenausschreibungen gibt, also kann ich nichts in das Tool eintragen – sofern ich ehrlich bin. Und dann? So hatten wir es auch besprochen, nun scheint die Absprache nicht mehr zu gelten.

Ich würde nun einen Brief bekommen, in dem vermutlich die Kürzung des Geldes für den Monat verfügt werden soll oder eventuell nur eine Ermahnung. Ich könnte dazu noch Stellung nehmen. Nun ist nicht mehr die Rede davon, dass er mir noch ein Telefonat zuvor mehr als dringlich nahe gelegt hat eine gewisse Zahl von Bewerbungen zu schreiben. Kein Wort verliert er über seinen fehlerhaften Vorwurf in aufgebrachtem Ton. Ich frage nach, wie viele Bewerbungen denn nun. In den schriftlichen Richtlinien steht, es gäbe keine Vorgabe. Er hätte jetzt acht Bewerbungen pro Monat ins Protokoll geschrieben. Und nochmal, ich solle irgendetwas in das Tool eintragen. Gut zu wissen. Auch hier also, fake it til you make it. Egal, was wirklich ist, Hauptsache die Zahlen stimmen. Und auch hier, die Ungereimtheiten und Fehler im System werden den Einzelnen angelastet. Ein Grundprinzip offenbar.

Auch hier wird etwas behauptet, ein Versäumnis oder eine Verfehlung. Im Abhängigkeitsverhältnis wird das zur Bedrohung. Die Regeln tauchen aus dem Nichts auf. Man hätte sie befolgen sollen, nun da man nicht hat, wären Sanktionen möglich, die erst mal noch unklar bleiben. Überhaupt bleibt alles im Unklaren. Nur hier und da blitzt mal etwas auf, wenn man an eine unsichtbare Grenze kommt, wird eine Regelverletzung behauptet. Kafkas Welt und das 100 Jahre nach seinem Tod. Sehr ähnliche auch wie hier im Grenzgebiet während der Pandemie. In der Grenzgängerei des Virtuell-behördlichen kenne ich mich aber nicht aus und wüsste auch nicht, wie ich sie erlernen könnte. Durch Versuch und Irrtum scheint mir anstrengend mit viel Verschleiß.

Vielleicht wäre es besser das *als ob zu* erlernen. Ich solle halt irgendwas reinschreiben in das Tool, Fake-Dokumentation von Fake-Bewerbungen. Damit wäre dann alles gut. Man taucht nicht auf dem Radar von *denen* auf und der Berater bekommt keinen Druck von irgendwoher, von *denen*. Wer sind die *denen*, was sind ihre Regeln, wo sollte ich sie befolgen und wo missachten, ohne mich dabei erwischen zu lassen?

Langsam verstehe ich, was für ein Überleben im System nötig ist. Da sitzt eine weitere meiner Fehlannahmen. Statt Ehrlichkeit und Verantwortungsbewusstsein braucht eine Bereitschaft zur Täuschung und eine Fähigkeit, sie geschickt einzusetzen. Mir fehlt es an Täuschungsvermögen, Blenderkompetenz, Dreistigkeit vielleicht Schamlosigkeit und Angstfreiheit, falls man enttarnt würde. Ob man das lernen kann?

Jetzt nach dem Schwimmen ist der körperliche Stress raus. Ein kurzer Schwatz mit den Leuten im Schwimmbad, freundlich und gut gelaunt, genauso wie die Frau an der Kasse im Supermarkt. Ich überdenke meine Bildungslücke in Täuschung und Blendwerk. Soll ich das jetzt angehen, versuchen, vielleicht lernen durch Beobachtung? Vorbilder gäbe es ja genug. Am toxischen Arbeitsplatz, den der Vorgesetzte zum Schlachtfeld erklärt hatte, hatte ich auch gelernt und neue Kompetenzen aufgebaut. In Verteidigung und auch in Angriff. Das nutze ich jetzt, nehme Kontakt mit *denen* im Rechtsdienst der Behörde auf, lege die Situation dar und frage nach verbindlichen Regeln – denn ansonsten wäre ihre Entscheidung rein willkürlich. Mal sehen, was kommt.

Eigentlich würde ich gerne weg, irgendwohin, wo die Dinge gut laufen, die Leute korrekt miteinander umgehen und nicht die Willkür regiert. Mir fällt aber kein Ort ein, der mit ziemlicher Sicherheit sauber ist – überall sind Menschen und sie scheinen überall so zu sein. Und jetzt habe ich auch noch entdeckt, dass ich womöglich in einer Kernkompetenz des Menschseins schwach bin. Weder Intelligenzstruktur- noch Persönlichkeitstests hatten das ergeben. Vielleicht doch Mars?

Orientierungslauf

Der Mann mit der Jacke trägt jetzt eine Weste. Es ist fast schon Sommer, zumindest gefühlt. Das frisch gepflügte Salatfeld schaut er sich genau an, bleibt ein paar Mal dort stehen. Ob er wohl in seiner Kindheit erlebt hat, dass Felder bestellt wurden, vielleicht von seiner Familie oder in seinem Ort. Er macht nicht den Eindruck, als ob er angesprochen werden möchte, sonst hätte ich mich mal mit meinen Fragen herantasten können.

Überhaupt habe ich viele Fragen. Die ganze Geschichte habe ich mittlerweile verstanden, auch wenn ich die Zusammenhänge nicht als logisch bezeichnen würde und die Entwicklung als absurd. Jetzt bin ich aber raus dort. Jetzt lote ich den Umgang mit Behörden und amtlichen Stellen aus, die sich um mich in meiner Arbeitslosigkeit kümmern sollen. Beispielsweise wird ein Personalberater für einige Termine bezahlt, um mir zurück in den Arbeitsmarkt zu helfen. Er will auch wirklich helfen.

Damals bei der Abklärung einer eventuellen generellen Arbeitsunfähigkeit hatte ich auch Hilfe erfahren, recht unvermutet. Die junge Frau bei der Stelle fragt mich, wie es mir geht und wie es dazu kam, dass ich erkrankte. Ihre Augen werden immer größer mit meinem Bericht der Dinge, fast spüre ich etwas wie Empörung. Sie appelliert an meine Selbstheilungskräfte und die Fähigkeit, sich selbst zu helfen, an gesunden Egoismus. Und sie spricht mir auf diese Weise Mut zu, vielleicht mehr als ihr bewusst ist. Mein Schicksal macht sie betroffen und sie macht einen Unterschied. Innerhalb kurzer Zeit kann man einen entscheidenden Impuls in die richtige Richtung geben und jemandem helfen, einem Lebewesen – Mensch oder Tier. Every life matters. Wenn das die Leute der Generation Z, Y oder sonst was sind, die neu in die Arbeitswelt kommen, wäre wieder Hoffnung. Ich könne mich jederzeit wieder melden, sofern ich doch nicht wieder gesund würde und der Status festgestellt werden müsse, ein längerer Prozess allerdings. Ich fühle mich nicht, wie nie wieder einsatzfähig oder besser, damals fühlte ich mich nicht, wie nie wieder einsatzfähig.

Mittlerweile ist das nicht mehr ganz so. Jede Art braucht ihr Biotop. Zuerst dachte ich nur, diese Organisation wäre nicht das richtige für mich. Dann wurde der Kreis der verseuchten Organisationen immer größer. Befremdliche Bewerbungsgespräche mit spürbar toxischen Vorgesetzten, unklare und unverschämte Rekrutierungsprozesse, in denen in zig Stufen nahezu alles abgefragt und geprüft wurde, ohne etwas über Stelle und Setting preiszugeben und an deren Ende man einfach nie wieder etwas hörte. Es wird geghostet statt abgesagt oder gar eingestellt. Gesucht werden Mitarbeitende, die alles mit sich machen lassen. Und bei mir wird man diesbezüglich tatsächlich nicht fündig. Womöglich bin ich also jetzt nicht mehr einsatzfähig, zumindest nicht an diesen Einsatzorten.

Bitte teilen Sie uns mit, ob Sie den Termin wahrnehmen können oder nicht.

Die Einladung beschreibt präzise den Ablauf. Spätestens 7:55 an der Pforte melden, damit pünktlich begonnen werden kann. Von meinem Wohnort im Ausland habe ich etwa drei Stunden Fahrtzeit, jetzt im Winter. Dann Vorbereitung einer Aufgabe, die 10 Minuten lang vor einer Beobachterkommission zu präsentieren ist. Das Publikum: potenzielle zukünftige Kollegen und ein Ministerialdirektor außer Dienst, pensioniert. Der künftige Vorgesetzte ist nicht vorgesehen. Dann 45 Minuten Selbstvorstellung und strukturiertes Interview, anschließend sechs Stunden Pause, um 10 Minuten Rollenspiel zu absolvieren. Im Prozedere ist kein Raum für Informationen über die Stelle oder Fragen meinerseits vorgesehen. Das ist das Ergebnis einer Bewerbung in einer Behörde, im Ministerium. So sieht kein Bewerbungsverfahren aus, in dem jemand gefunden werden soll. Diese Stelle ist bereits vergeben, intern und nach persönlichen oder politischen Erwägungen. Also: *oder nicht.*

Das war nicht das erste mal eines Alibibewerbungsverfahrens und leider wurde dies oft erst spät deutlich, zum Beispiel in völlig desinteressierten Gesprächen. Die Investition von Zeit und Energie war dann wieder mal vergebens gewesen, ein Ressourcenverschleiß sondergleichen auf allen Seiten.

Selten traf ich auf Ehrlichkeit und wenn, dann ernüchterte sie. Ich sei nun älter als er, sagt mir der mögliche zukünftige Chef – naja, das sieht man nun nicht wirklich im Vergleich, wenn dann kann es nicht viel sein. Und ich hätte höhere Ausbildungsschlüsse als er. Er will wissen, wie ich dazu stehe. Man könne ja offen miteinander reden, in unserem Alter. Was hat er nur mit dem Alter? Er ist höchstens zwei oder drei Jahre jünger und sieht dabei älter aus für sein Alter. Ich bin irritiert, verstehe nicht, worauf die Frage abzielt. Eigentlich ist es ein sehr nettes Gespräch, ich könnte mir die Zusammenarbeit gut vorstellen. Später will er wissen, ob er seinen Job gut macht oder ob er mit seiner Institution sichtbarer und bekannter sein müsste. Was weiß ich, wie er seinen Job macht, ist mir auch egal, wenn er mich nicht terrorisiert.

Vermutlich macht er ihn nicht so gut, denn ein paar Wochen, erstaunlich viele Wochen, später kommt die Absage per Email. So denken die Leute also, *eine Frau mit höherer Ausbildung, wird sie mich hinterfragen?* Diese Risikobewertung fiel womöglich zu meinen Ungunsten aus und das war es dann wieder. Erstmals hat wenigstens jemand offen gezeigt, was in ihm vorgeht.

Aber wie soll das funktionieren, sich bestmöglich präsentieren und gleichzeitig vermeiden, ungeahnte Komplexe beim Gegenüber zu berühren. Das frage ich den vom Arbeitsamt vermittelten Personalberater. Er meint, zuerst mal und sehr nett lächelnd, ich sei ja erst leicht über vierzig – was, wie wir beide wissen, nicht stimmt, aber womöglich hat er schon die x-ist-das-neue-y-Logik verinnerlicht. Und dass man die Schwächen des anderen weder erahnen noch umgehen könne. Es sei halt schmal in meinem Segment der Suche und könne dauern. Das tut es.

Und dann gab es natürlich auch die Bewerbungen, nach denen man geghostet wird und nach einem ersten Gespräch nie wieder etwas hört.

Die Einsatzfähig- und -willigkeit bleibt auf Dauer nicht ganz unberührt vom Erlebten. Die Frage der Existenzsicherung kommt immer mal hoch, wobei es noch keinen Grund für Panik gibt. Andere haben Schlimmeres zu erleiden.

Das Aufrichtende des Bedauerns

Es tut ihnen leid. Sie bedauern. Aber sie müssen, können nicht anders. Andere Bewerber treffen das Profil noch besser als ich. Daher, leider, muss man mir absagen. Was soll das heißen. Was für ein Bedauern soll das sein. Wieso bedauert man, mir abzusagen, wenn sie besser, noch besser passende Bewerbungen erhalten haben. Das sagt man halt so. Statt zu schreiben, andere passen besser und da wir nur eine Stelle zu besetzen haben, müssen wir Ihnen absagen. Wir hatten ohnehin so viele Bewerbungen und schauen auch einige Kandidaten an. Sie sind nicht dabei.

Das heißt: in keinem Fall wären Sie in Frage gekommen. Wir wollen andere Kandidaten und sagen Ihnen daher ab. Punkt. Kein Bedauern, kein sich gezwungen sehen, einfach eine Entscheidung. Das wäre für mich nicht schwieriger zu verstehen, und auch nicht schwieriger zu akzeptieren. Ehrlich gesagt, ich wollte ja auch nicht zu Ihnen. Ich habe mich beworben, weil das Amt es von mir erwartet. Damit ich von dort weiter finanziert werde. Ich sah mich gezwungen und mir tut es nicht leid, dass sie mir absagen. Bedauern ist hier fehl am Platz, auf allen Seiten.

Nach vielen Bewerbungen, die man geschrieben hat, nicht ganz so vielen Gesprächen, auf die man sich vorbereitet hatte, einigen schönen Illusionen über eine neue Stelle, mit denen man sich motiviert hatte, lässt die Begeisterung irgendwann nach. Das überbeanspruchte System funktioniert nicht mehr. Zu oft hat es erlebt, dass die in Aussicht gestellte Belohnung einer neuen Anstellung nicht kommt. Es ist keine bewusste Entscheidung, es passiert einfach wie eine Materialermüdung. Das Motivationssystem funktioniert nicht mehr wie eine neue Maschine, es ist abgenutzt. Gekommen wie Arthrose ganz allmählich und dann kann man nicht mehr so loslaufen. Die Stellenbeschreibung in der Anzeige erzeugt keine Bilder mehr im Kopf. Der Impuls zu schreiben kommt nicht. Im Gespräch lässt sich keine Begeisterung mehr finden und ausdrücken. Es interessiert mich nicht mehr, diese Stelle nicht und auch sonst keine andre. Copy paste generiere ich Anschreiben mit möglichst wenig Aufwand und emotionslos. Absagen werden ins PDF gedruckt und abgelegt. Für Gespräche investierte ich ein bis maximal zwei Stunden in eine Vorbereitung. Merke ich im Gespräch, dass die Stelle schon vergeben, falsch beschrieben, zu fordernd ist oder der Chef toxisch, bin ich innerlich raus. Manchmal sage ich es direkt, manchmal nenne ich eine hohe Gehaltsvorstellung oder stelle eine kritische Frage. Keine Lust mehr, womöglich für den Arbeitsmarkt verloren, weil ich auf dieser Bühne nicht mehr nur nicht mehr spielen mag, sondern auch nicht mehr kann.

Ich kann einfach nicht mehr so tun als ob. Als ob mich das dumme Gewäsch des Vorgesetzten beeindruckt. Als ob mich die offensichtlich todlangweilige Aufgabe interessiert. Als ob ich nicht merke, dass der Vorstandsvorsitzende keine Ahnung hat und dies mit aufgesetztem Selbstbewusstsein überspielt. Als ob ich diese, genau diese Stelle wollte. Als ob ich mich bereitwillig in eine Hierarchie einfüge und was immer da kommen mag, widerspruchslos akzeptiere. Als ob kann ich nicht mehr, noch weniger als früher auch schon nicht. Und das jetzt, wo ich genau das als Schlüsselkompetenz erahne. Was nun? Gibt es einen anderen Modus, mit dem ich wieder anschlussfähig werden könnte - in Zeiten, in denen Ambiguitätstoleranz die neue Kernanforderung im Arbeitsleben ist. Ehrlichkeit war nicht erfolgreich und wurde abgestraft. Was innerlich passiert, ist seltsamerweise nicht eine Umstellung auf mehr Anpassung, mehr darstellende Kunst, sondern mehr vom gleichen. Der Ekel gegenüber der Bühne, dem Unechten, die Verachtung gegenüber schlecht gespielten Rollen und armseligen Drehbüchern sind gewachsen. Stattdessen unbarmherzige Ehrlichkeit, mehr vom Gleichen also. Am

Ende bin ich selbst wie das Insekt an der Fensterscheibe, das seinen Kurs nicht ändern kann.

Suche nach dem Platz

Löwenzahn! Tatsächlich es wächst Löwenzahn aus der Mauer des steril-perfekten Gartens. Hat man die Kontrolle über das Leben verloren? Ich renne weiter, aus dem Ort heraus. Fühle mich unwohl, etwas bedrückt ohne rechte Hoffnung. Es duftet nach Blüten, es ist warm und es riecht nach Regen. Über dem Wald dahinten sind schon dunkel blau-graue Wolken zu sehen. Gewitterstimmung schon am Morgen, laue Luft um mich, einzelne Tropfen und eine Erinnerung an Afrika kommt auf. Vielleicht ein Geruch oder die Stimmung mit Licht und Wärme. Fühle mich schon besser. So ist es immer beim Rennen.

Egal wie zerschlagen man losläuft, es wird sofort besser. Jetzt riecht es nach Fluss, ich komme dicht ans Ufer. Hier ist ein Strand, an dem die Leute grillen, rumsitzen, die Zeit verbringen und meine Ruhe mit der Natur stören. Um diese Zeit am Morgen ist aber niemand da, außer den Wasservögeln und mir. Renne weiter, die Stimmung steigt. Überlege, dass ich mich viel lieber in einer anderen Welt bewegen möchte. Nicht mehr in irgendwelchen Organisationen und mich dort bis zur Unkenntlichkeit anpassen oder untergehen. Das anstehende Vorstellungsgespräch fällt mir ein. Oder besser, das eventuell anstehende Gespräch. Eine Einladung habe ich zwar und war froh, als sie kam. Es war doch mal wieder die Hoffnung da, eventuell wieder den Weg in die Arbeitswelt zu finden. Die Ernüchterung kam aber auch sogleich. Ein als Sicherheitsfragebogen tituliertes Investigativformular mit Fragen zum Innersten der Bewerbenden inklusive Gesundheitsverfassung und allem, was einem zur Last gelegt werden könnte.

Gibt es in Ihrem Leben berufliche oder persönliche Ereignisse oder Sachverhalte, heikle Vorkommnisse, welche bezüglich Ihrer zukünftigen

Funktion nicht günstig resp. schwierig oder konfliktträchtig sein könnten? So wird tatsächlich gefragt.

Prinzipiell kann einem ja alles mögliche zur Last gelegt werden und schwierig sein. Schließlich gibt es genug Leute bei uns, die nichts besseres zu tun haben, als anderen etwas zur Last zu legen. Es folgt eine Liste von Fragen nach Rechtsverfahren und Gesundheit aus dem Kanon der unzulässigen Fragen, der rechtlich auf dem Daten- und Persönlichkeitsschutz basieren. Wobei das hierzulande alles nicht so eng gesehen wird.

Gibt es etwas, das Zweifel an Ihrer Funktionsfähigkeit nähren könnte? Vor allem wird hier mein Zweifel an diesem Bewerbungsverfahren genährt und daran, ob ich an so einem Ort funktionsfähig sein möchte. Möchte ich nicht. Seid Sand im Getriebe der Maschine...die an die Wand fährt, eher mein Motto.

Wieder Entfremdung, da passe ich nicht rein, in diese Arbeitswelt und in so einen Laden. Ich will nicht an einen Ort, an dem von mir schon im Vorfeld verlangt wird, Fragen zu beantworten, die für Bewerbungen unzulässig sind. Nicht nach dieser Geschichte, dann hätte ich nun wirklich nichts gelernt. Fool me once shame on you. Fool me twice shame on me. Nur wer, wer ist das, der mich da reinlegt? Oder mich testet, ob ich meine Lektion jetzt endlich gelernt habe, und mich dann vielleicht endlich auf das nächste Level im Spiel lässt – Frogger für Fortgeschrittene. Wann kann ich auf meine Belohnung hoffen?

Der Megatrend New Work gepusht vom Fachkräftemangel und der Wissensgesellschaft führt zu fluiden Arbeitsformen mit Vier-Tage-Woche, agilem KI-gestützten Arbeiten an flexiblen Orten und Zeiten. Büros werden durch Coworking-Spaces ersetzt, Hierarchie durch Holokratie und Leadership 4.0 gepaart mit Homeoffice führen zu Work-Life-Blending. Ich wüsste gerne wo. Wo sind diese Orte, an denen ich nicht durch einen mittelalterlich anmutenden Bewerbungsprozess gehen muss, in dem meine totale Bereitschaft zur Selbstaufgabe für deren Sache getestet wird, meine Persönlichkeit über fragwürdige Test kategorisiert wird, man mich nach früheren Krankheiten wie – nur so zum Beispiel - Burnout und meine Funktionsfähigkeit einschränkenden heiklen Vorkommnissen fragt. Was sind das bloß für Leute?

Wo ist der Arbeitsplatz, an dem Arbeit und Mensch im Zentrum stehen und nicht das Ego von Vorgesetzten. Wohl nicht dort, wo ich bisher gesucht habe. So viele seltsame Erlebnisse. Schon beim ersten Versuch war alles komisch. Mitten in der Pandemie war ich zum Vorstellungsgespräch eingeladen. Es ging um eine Abteilungsleitung. Wir trugen alle Masken beim Gespräch, nachdem wir sie anfangs ganz kurz zur Begrüßung abgesetzt hatten. Man wollte zumindest kurz sehen, wie das Gegenüber so aussieht. Dann eine knappe Stunde lang ein unmotiviert dahin tröpfelndes Gespräch, aus dem sehr klar wurde, dass es überhaupt kein Interesse an mir gab. Später, viel später war klar warum. Die Stelle wurde intern nachbesetzt und dieses Gespräch fand statt, um den Schein einer offenen Stellenausschreibung und Kandidatensuche zu wahren. Das war das erste, aber nicht das letzte Mal. Verschwendete Energie für Vorbereitung und Termin, Zeit und Geld für die Fahrt, Hoffnung für den pulverisierten Neuanfang. Verschwendung auf breiter Bahn, Ressourcenverschwenden scheint Programm, vor allem die der anderen. Wie die Steuermillionen, die ich in staubigen Archiven hätte versenken sollen oder notfalls in der virtuellen Welt wertloser Digitallizenzen für Produkte, die keinen Nutzen stiften. Eine Erinnerung an die Sesamstraße, in der sich ein grüner Typ mit Schlapphut und Detektivmantel von hinten an seine Kundschaft anschleicht und Ware anbietet:

> *Hey, hey du. Ich hab was Tolles für dich: Luft.* Für jemanden, der seine Bedeutung aus dem ausgegebenen Geld der anderen bemisst, ist das ein verlockendes Angebot. Es geht einfach um das Mehr, auch wenn es nur ein Luftmehr ist. Habe keine Lust mehr, meine Ressourcen hier zu verschwenden.

Ich renne weiter, es hat ja keinen Sinn. Schon wieder auf dem Rückweg mache ich kurz Pause am Strand. Es fühlt sich an, als ob zwischen meiner Haut und der Luft keine Grenze ist – als ob ich in die Natur übergehe. Der Fluss, die warme Morgenluft vor dem Regen, die Wasservögel. Eine große Gruppe Schwäne hat sich im Winter hier niedergelassen und eine Kolonie gegründet. Jetzt lungern sie wie jeden Morgen am Strand und im Wasser herum. Sie sind ruhig, höchstens mal ein leichtes Gefauche untereinander oder ein Flügelaufstellen. Aber insgesamt bleibt es ruhig. Ich sitze jetzt in nächster Nähe bei ihnen und fühle mich verbunden. Keinerlei Entfremdung hier. Auf dem Rückweg, vorbei an der akkuraten Granitsteinmauer schaue ich, ob der Löwenzahn noch da ist und beschließe, das zukünftig genauer und systematisch zu beobachten.

Was wenn Überlegungen

Was, wenn es so gar nicht stimmt. Wenn die Erzählung nicht richtig ist, das Narrativ von falschen Annahmen ausgeht. Was, wenn es der Organisation nicht einfach nur darum geht, Hierarchie mit Macht durchzusetzen.

Was wenn etwas darüber hinaus wirkt. Womöglich ist nicht das tatenlose Dabeistehen und Zuschauen das eigentliche Problem. Es geht vielleicht gar nicht darum, dass niemand eingreift, weil Verantwortungsdiffusion stattfindet. Womöglich ist die Perspektive falsch, beschönigend und verharmlosend. Vielleicht geht es um das Ausüben von Gewalt, um Macht spüren wollen und zusehen, wie andere in die Knie gehen. Macht, Strafe, Folter übersetzt in die moderne Arbeitswelt. Es geht um das bewusste Ausüben institutioneller Gewalt und den Lustgewinn dadurch.

Die Hierarchie und das autoritäre System werden gebraucht, um eine Institution der Gewalt zu stützen. Eine Interessengemeinschaft Gewalt, in der im institutionellen Rahmen partizipativ die Lust an der Gewalt ausgelebt wird. Ist das Spiel erst mal in Gang, steht der Verlierer bereits fest, weil die Gewaltlust auf Seiten der Agitatoren erlebt wird. Instinktiv wissen das die Betroffenen und versuchen alles. Sie spielen mit, so lange es geht, um nur nicht in die Knie zu gehen. Denn ist man erst mal unten, ist man als Zielperson fixiert. Dann gibt es keinen Weg mehr aus der Rolle heraus.

Mein Weg war, mich der Bestrafung zu entziehen und die Rolle zu quittieren. Das gelingt nicht alleine. Innerhalb des totalen Machtgefüges der Organisation ist alles verloren. Der einzige Ausweg geht über die Außenwelt. Die Organisation ist nicht allein, es gibt Gegengewichte. Ich fand sie. Auch draußen ist Macht verteilt. Ärzte und Therapeuten können entscheiden, ob man als wirklich, berechtigterweise, durch die Arbeit verursacht oder in Wirklichkeit nicht krank ist. Die Definitionsmacht über die Arbeitsfähigkeit und Berechtigung für das Ausscheiden aus dem System liegt bei ihnen. In ihrer Macht liegt oft auch, Gesundung anzustoßen.

Auch hier ist man auf den verantwortungsvollen Umgang mit der Macht angewiesen. Und diese Verantwortung wurde wahrgenommen. Die Reichweite der Organisation endet abrupt an der Grenze zur medizinischen Welt. In Frogger hätte man damit das rettende Ufer erreicht. Das überraschte mich. Ärzte, die mich voll unterstützten, sich kein bisschen überrascht über die haarsträubende Geschichte zeigten, die mir widerfahren war. Selbst dort wo Ärzte aufgeboten wurden, weil man ihre Diagnose als Instrument gegen mich verwenden wollte, traf ich Menschlichkeit an. Ich ging mit tatsächlich sehr hilfreichen Tipps für meine Genesung statt mit dem vom Auftraggeber gewünschten Label eine Simulantin zu sein nachhause.

Die Natur der Gewalt

Ob wohl eine Überlegung dahinter steckt. Irgendwann, eines Tages und zu irgendeiner Zeit beginnt die Spinne, ihr Netz zu spinnen. Wie kommt es dazu, nach welchen Kriterien entscheidet sie *jetzt ist der Moment*. Im Abendlicht ist sie noch bei der Arbeit. Einzelne Fäden im Netz leuchten kurz goldgelb, wenn die Spinne bei der Arbeit mit ihrem Körpergewicht das Netz belastet und die Fäden sich so bewegen, dass sie das

Sonnenlicht reflektieren, für einen ganz kurzen Moment nur. Fast wäre ihre Arbeit unbemerkt geblieben, untergegangen in allem anderen Leuchten von Gräserrispen, Holunderblüten, Flügeln von Insekten, die noch kurz vor Sonnenuntergang unterwegs sind und letzte Besorgungen machen. Zuviel Biene Maja geguckt, denke ich über alle nach, wie über mir bekannte kleine Seelen. Macht nichts, das erlaube ich mir. Zeiten der Gedankenflucht und mentales Exil in der anderen Welt sind Kurorte für schwierige Zeiten. Man muss sie regelmäßig aufsuchen und bei Zeiten pflegen, damit man in der Not noch Zugang hat.

Jetzt habe ich nicht aufgepasst und die Spinne aus den Augen verloren. Die Sonne ist untergegangen und ihr Körper ist nicht mehr erleuchtet, genauso wenig wie Netz, Gräser und Holunderblüten. Alles liegt im Schatten, bald kommt die Nachtschicht. Für gewöhnlich und bevor es richtig dunkel ist, tauchen kleine Fliegen, Falter und mit ihnen unsere Fledermäuse auf. Später dann raschelt der Igel durch den Garten, aber nur manchmal. Und wenn man schon im Bett ist, rennt irgendwann der Marder mit Lärm über das Dach und versucht, die Nester der Spatzen zu plündern. Das gilt es zu verhindern, schließlich verlassen sich die Spatzen auf uns. Sie wohnen hier, weil sie sich Schutz davon versprechen und den zu gewähren, fühlt man sich sich etwas verpflichtet durch das entgegengebrachte Vertrauen. Gerne macht man das, es ist eine Selbstverpflichtung. Der Marder kann das Obst essen und das tut er auch, hat dabei aber so seine Präferenzen. Trauben gehören dazu, allerdings nur das Innere. Die etwas dicke Schale der Trauben mag er nicht. Er schlürft sie schmatzend aus, recht laut sogar, aber man wird lieber davon geweckt als von seinen Überfällen auf Vogelnester oder von den eigenen Alpträumen.

Die Überfälle des Marders sind gewalttätig. Tiere üben auch Gewalt aus, manchmal sogar unnötig, grausam und sinnlos scheinende, solche die wir uns nicht mit einer Notwendigkeit erklären können. Nicht immer geht es um Nahrung zum Überleben und den Überlebenskampf. Wir suchen dann andere Erklärungen, die aus der Biologie und der Natur heraus einen Sinn liefern sollen. Löwenmännchen beißen Junge ihrer Wunschpartnerin tot, damit sie für die Vermehrung seiner Gene frei ist. Soziologen haben vor einiger Zeit herausgefunden, dass vor einigen hundert Jahren irgendwo an der Nordsee Frauen mit Schwiegermutter im Haus eine höhere Säuglingssterblichkeit erlebten, als wenn die eigene Mutter mit im Haus lebte. Nun ja, so ganz überraschend ... irgendwie müssen sie ja auch auf die Hypothese gekommen sein. Wenn ich mich richtig erinnere, war die Erklärung auch evolutionär. Eine Schwiegermutter könne anders als eine leibliche Mutter nie sicher sein, dass die Schwiegertochter die eigenen Gene zuverlässig weitergibt und nicht ein Kuckuckskind zur Welt bringt. Gewalt und Grausamkeit, die wir als solche sehen, ist wohl in der Welt angelegt und ist trotzdem verstörend oder gerade deswegen.

Weil wir es wissen, hatten wir uns prinzipiell dagegen entschieden. Wobei das nicht mehr so ganz stimmt oder vielleicht auch nie wirklich stimmte. Ein Fotoshooting beim Boxen muss inszeniert werden, damit der Präsident ernst genommen wird. Olivgrün, Militärhosen und Camouflage-Muster sind jetzt überhaupt wieder mehr im Trend. Wie schnell, wie bereitwillig sind mehr Waffen, militärisches Eingreifen und Krieg wieder Optionen. Ja wenn man angegriffen wird, dann muss man eben. Wahrscheinlich. Aber was war vorher, wie kam es dazu. Hat man genug getan, um Waffenstillstand oder Frieden zu pflegen? Denn gepflegt werden muss der Frieden. Frieden ist kein Zustand, sondern eine Entwicklung, ein fortwährender Prozess, ein Organismus, der lebendig gehalten werden muss. Sonst stirbt er. Der Frieden wurde nicht bekümmert wie die unbeachtete Zimmerpflanze auf der Fensterbank. Versäumnisse, weil anderes wichtiger schien, weil der Schrecken des letzten Krieges mit den Alten ausgestorben ist. Auch weil man dachte, mit der Abwesenheit von Krieg sei schon Friede und der sei gesetzt. Und vielleicht auch einfach, weil der Mensch ist, wie er ist und das ist keiner, der aus Fehlern lernt und in die Bücher schaut, in die er meint, alles geschrieben zu haben, und das Geschriebene auch anwendet. Und vielleicht auch, weil der Mensch an sich überhaupt keinen Frieden will.

Ein Land in Asien hat hunderte mit Unrat gefüllte Ballons ins Nachbarland fliegen lassen. Die Reportage zeigt Soldaten, die Müllhaufen dieser Ballons von der Straße aufsammeln. Es soll sich um eine Vergeltung handeln für mit Propagandaflugblättern gefüllte Ballons, die zuvor in die andere Richtung geschickt worden waren. Unter all den anderen Meldungen fast mal etwas Erleichterndes. Kein Krankenhaus bombardiert, keine Raketen geflogen, keine Zivilisten getötet, keine Messerattacke auf einer Veranstaltung mit Hetzreden. Nur eine infantil anmutende Performance. Andererseits wenn Unrat auf Flugblätter folgt, was kommt als nächstes und übernächstes. Auf Seiten der Müllballonempfänger hat man bereits angekündigt, weiterhin das Nachbarland von der Grenze aus mit Propaganda oder Aufklärung beschallen zu wollen.

Wie hat all das angefangen und was ist der Motor dahinter? Wie viele leben schon lange in Gewalt, kennen und können vermutlich nichts anderes mehr. Wehret den Anfängen und das auch im Kleinen, damit sie nicht zu monströser Normalität werden. Womöglich ist einfach Langeweile der Motor oder das unerträgliche Gefühl der eigenen Bedeutungslosigkeit.

Was werden Zivilisationen von uns denken, falls sie irgendwann unsere Spuren und Aufzeichnungen finden. Spuren einer Art, die sich gegenseitig eliminiert, sehenden Auges ihre Lebensgrundlage zerstört und Müll durch die Gegend wirft. Sie werden versuchen, es zu erklären.

Diese Art war wohl mit einem Bewusstsein ausgestattet, das zu rudimentär war, um notwendige Anpassungen vorzunehmen. Zwar wurden gewisse Zusammenhänge ansatzweise erkannt, aber ihre einfachen Methoden und Werkzeuge konnten sie mit ihrem vergleichsweise begrenzten Denkvermögen nicht so einsetzen, dass sie

Lösungen finden und umsetzen konnten. Die Art entwickelte sich zudem nur langsam und erlebte dabei immer wieder Rückschläge. Letztlich wurde sie von ihren selbst verursachten Katastrophen eingeholt und starb aus.

Was von ihr blieb, ist eine veränderte chemische Zusammensetzung in Atmosphäre, Wasser und den Biosystemen generell. Hier sind in Spurenelementen ihre Aktivitäten nachvollziehbar. Da ihre Epoche jedoch so kurz war, können die Marker in den Sedimenten nicht für eine Chronologie der Entwicklung genutzt werden. Wie es dazu kam, dass sie sich selbst abschafften, lässt sich daher nicht zweifelsfrei klären.

Seit Entdeckung und Erforschung dieser Art steht fest, dass es sich um eine einmalige Fehlleistung in unserem Universum handelte, die sich zudem sehr schnell selbst bereinigte. Bereits nach etwas mehr als zehntausend Generationen starben sie bereits wieder aus.

Experten vermuten, dass dazu insbesondere ihr unterentwickeltes Kommunikationssystem beigetragen hat. Es war hoch fehleranfällig in der Übermittlung. Botschaften wurden verzerrt empfangen, falsch entschlüsselt und so auch entsprechend unpassend beantwortet. Über Dokumente und Datenfragmente lässt sich dies gut belegen. Genutzt wurden vergleichsweise einfache und letztlich ungeeignete Technologien zur Daten- und Informationsübermittlung wie der eigene Körper, Kabel im Ozean, eine Vielzahl unterschiedlicher Sprachen als Codes oder raketenartige Flugkörper und ähnliches. Rückblickend erstaunt, dass die Art überhaupt für einige Zeit Gesellschaften ausbilden konnte. (a.lien)

Perspektiven im Aufwind

Natürlich ließ sich meiner Situation auch Positives abringen. Ich hatte Zeit und freie Zeit bedeutet Freiheit wie noch nie in einem von Arbeit geprägten Leben. Und ich nutzte die Zeit, so gut es eben ging, zuerst mit Sprachen lernen. Mit den Sprachen kamen auch neue Perspektiven. Die Sprache als Mentalität, Kultur und neue Denkweise. Nach und nach änderte sich damit auch mein Denken insgesamt und das war angenehm. Mit dem Burnout und seiner grandiosen Leere im Kopf über lange Zeit war auch einiges gelöscht worden, was ich nie mehr vermisst habe. Es war quasi ausgemistet worden. Dort war jetzt Platz für Neues und den richtete ich so ein, wie es mir gefiel. Kleidete den freien Raum mit neuem Denken und Empfinden aus und möblierte mit Ideen. Das gefällt mir und ich werde es weiter tun.

Zu den neuen Dingen gehört auch Musik. Ich fing an, ein Instrument zu lernen, mein erstes. Eine neue Möglichkeit sich auszudrücken und das Instrument antwortet. Das Holz macht hörbar, wie ich mich fühle. Auch neue Strategien habe ich gelernt, um mit dem Energiefluss zu sein und fremde, feindliche Energien umzuleiten. Sei wie Wasser! Mach ich.

Dann ist da das wohltuende Alleinsein und später das sachte Auswählen, womit und mit wem man die Tage seines Lebens verbringen möchte.

Irgendwann kam eine Zeit mit täglichen Gedanken an die Endlichkeit, daran, dass irgendwann in nicht allzu ferner Zukunft alles für mich zu Ende ist. Alles unwiederbringlich, ich bin dann nicht mehr da. Was bis dahin nicht getan ist, werde ich nicht mehr tun können. Schon vorher werde ich nicht mehr alles, was ich gerne erlebt hätte, tun können und nicht alle schönen Orte besucht haben. Ich werde nicht mehr die interessanten Menschen sprechen und die anziehenden berühren können. Natürlich denkt man das ab und zu, man weiß es, aber jetzt, spürte ich die Fragen im ganzen Körper und das war Angst. Vorbei, schon bald, du hast nicht mal mehr so lange, wie du bisher gelebt hast, und diese Zeit ist schon vergangen wie im Fluge. All die Jahre sind vorbei. Am Ende auf verschwendete Tage zurückschauen, etwas versäumt haben oder vergessen. Oder auch nicht, vielleicht alles gemacht haben und ertragen müssen, dass nun alles für einen zu Ende sein muss. Ja, so ist es halt.

Was bleibt, ist die Hoffnung, dass man es dann, später, anders empfinden wird. Dass man bereit sein wird, hier Schluss zu machen und zu verschwinden. Kein Wunder, dass die Leute so einen Hype um das Spirituelle machen. Wir brauchen Hilfe, um mit unserem Bewusstsein vom sicheren Ende leben zu können. Da ist jede Illusion recht. Du kommst wieder, du gehst ins Nirwana, das Paradies wartet, der Himmel ist nah oder die Hölle. Ich glaube weder an Wiedergeburt noch an die anderen Locations und werde mich wohl einfach auflösen. Und plötzlich machte mir das Angst wäre untertrieben, mehr so ein Entsetzen. Auflösen, wohin denn. Sich selber nicht mehr denken können.

Irgendwann hörten diese Gedanken wieder auf und jetzt sinniere ich mal lieber nicht mehr so aktiv über die Frage nach, habe aber einen Entschluss gefasst: bis es so weit ist, leben was das Zeug hält, tiefer spüren und breiter suchen.

Der Wald wird allmählich wieder richtig grün. Die Vögel singen. Es ist Frühling wie früher, als man sich noch unbeschwert daran freute. Das Grün kaschiert die wegen Trockenheit abgestorbenen und umgefallenen Bäume. Sie waren geschwächt und konnten sich nicht mehr festhalten. Vogelsingen überstrahlt, was uns Sorgen macht, und ruft das Gefühl der Kindheit mit Macht hervor, bringt es nach oben. Frühling, es blüht, jetzt fängt alles neu an, hellgrün, Sonnenlicht, Freude, alles ist möglich jetzt. Das Gefühl ist willkommen, ich erlaube es mir. Niemandem ist geholfen, wenn man in Trauer und Sorge abtaucht, hineingesogen wird, sich saugen lässt. Wenn ein Impuls kommt, lass dich aufwärts tragen, dann hast du wieder Energie. Kannst dich wieder um die Welt kümmern. So macht es Sinn, so machst du Sinn.

In der letzten Zeit, der meines Abtauchens im Burnout und der Versenkung, habe ich viel gelesen und gehört. Ein Interview mit einem

Ballonfahrer – der noch alles mögliche andere ist – zum Beispiel. Er sagt, wenn es in einer Luftschicht nicht weiter geht, dann such eine andere. Auch im Leben, nicht nur beim Ballonfahren. Problem: in der bodennahen Luftschicht des Lebens ist es manchmal zäh. Es gibt keine Bewegung, keine Aufwärtsströmung oder Energie zum Höherkommen, jedenfalls nicht von innen heraus. Dann ist jeder Impuls willkommen. Lass die Impulse nicht vorüber ziehen. Erlaube dir die Freude durch den Frühling und lass dich nach oben tragen. Lehne dich an andere an, die dir gut tun. Nimm ihre Komplimente an und das Positive, was sie dir anbieten. Lote die Potentiale aus, die sie in dir sehen, auch wenn du selbst nichts fühlst. Erlaube dir eine andere Perspektive auf das Leben und auf dich. Warum nicht. Lass den alten Kram los. Bloß weil alle schon immer gesagt haben, dass.... muss es nicht stimmen. Misstraue den alten Stimmen. Jetzt ist der Moment, alles neu zu denken und zu tun, auch dich selbst. Gehe woanders hin wenn nötig. Für eine Zeit, für länger oder für immer. Innerlich und äußerlich. Je nachdem, was nötig ist und was du willst. Lass dich nicht beirren. Aber nimm dir die Freiheit, jederzeit neu und anders zu entscheiden. Es ist dein Leben, lass die anderen reden. Sei offen, lass dir aber nichts einreden. Und sei zurückhaltend mit dem, was du selbst anderen aufzwängst und einzureden versuchst. Sei dabei und dafür ehrlich, zu dir und zu den anderen, zu deinem Gegenüber. Aussprechen muss man aber nicht alles. Jetzt ruft der Kuckuck und ich freue mich auf den Mai.

Romantisch war das Ganze nicht. In der Erinnerung scheint vieles so geklärt, was es damals nicht war, überhaupt nicht war und teils auch noch nicht ist. Von Tag zu Tag auf unsicherem Terrain mich durchhangeln, kostete Kraft, die ich gar nicht hatte. Immer wieder, manchmal jede Woche oder jeden Tag etwas Neues ausprobieren, um wieder Mut und Motivation zu finden. Einiges hat dauerhaft geholfen, anderes war nach einer Zeit abgenutzt und es brauchte wieder etwas anderes, von dem man dann irgendwann ja auch schon im Vorhinein ahnte, dass es wiederum nicht ewig tragen würde. Hauptsache es geht weiter und das tut es. Raus, Natur, Bewegung, Anstrengung, Kälte, Kunst, Sprachen, Musik, schreiben, Religion, Esoterik, Philosophie, Psychologie, Therapie, Gespräche, Rückzug, Ablenkung, Einkehr, ruhen, etwas Schaffen, Kreativität, ausmisten, fotografieren, sein lassen, Tiere, Menschen, nix, wegfahren, Reisen, fremde Kulturen, ausruhen, arbeiten, renovieren, schlafen, Wärme, Wasser, Erde, Wind, Sonne, Körper, Geist, Vielfalt, Wesentliches ... Farben, Papier, Glitzer, Geschichten, Lebenswege, endlos viele Möglichkeiten.

Loslassen

Wie konnte das passieren, habe ich mich immer wieder gefragt. Wie kann das sein. Wie kam ich auf die Idee, in so einem Umfeld innovativ arbeiten zu können. Bei Forschung dachte ich an Neues erfinden, neue Lösungen für drängende Probleme entwickeln, meinen Beitrag zur Rettung der Welt leisten. Nicht möglich im durch und durch konservativen System. Ganz im Gegenteil, darf es nur ja nichts zu Neues, zu Unbekanntes geben. Kleine Schritte, bisschen was raus finden, aber immer schön nahe dran am Altbekannten. Dont go to far ahead of the parade. Das Angepasste ist erfolgreich und institutioneller Filz stützt das patriarchale Systems im Mantel der Freiheit von Forschung und Lehre.

Über allen Hiobsbotschaften dieser Welt steht Hiobs Botschaft: ich weiß dass mein Erlöser lebt, heißt es auf dem Kalender in der Autowerkstatt. Mal eine andere Art von Kalender in einer Autowerkstatt. Warum hängt das hier. Keine Ahnung, soll ich fragen, will ich's wissen? Seit ein paar Jahren bringe ich das Auto hierher, wenn es irgendetwas zu tun gibt. Autowerkstatt war sehr lange Zeit ein Ort, den ich ungern aufsuchte. Oftmals wenig freundlicher Umgangston und nicht so ganz klar, ob alle festgestellten Mängel tatsächlich welche waren. Während meiner Ausbildungszeit mit schmalem Einkommen hatte das eine sehr entscheidende Rolle gespielt. Mit dem günstigen Wohnort auf dem Land brauchte es das Auto und wenn eine größere Reparatur notwendig wurde, war das damals tatsächlich eine Hiobsbotschaft. Einfache Sachen lernte ich selber zu erledigen, Luft- und Ölfilter wechseln, Zündkerzen und Birnen oder auch regelmäßig die Kontakte eines Dings abzuschleifen, von dem ich vergessen habe, wie es hieß und das immer wieder den Motor zum Stottern brachte oder zum Abschalten, auch schon mal bergab in einer Kurve.

Zum Glück ist das alles vorbei. Das Auto brauchen wir nur selten, an die Teile käme man wohl kaum noch dran, eine Reparatur ist nicht mehr so eine Hiobsbotschaft und in diese Werkstatt hier komme ich eigentlich ganz gerne. Ich kann auf Ehrlichkeit vertrauen und dass nur das Notwendige gemacht wird und nicht irgendetwas, was Geld bringt. Vermutlich haben sie es nicht nötig, es ist immer viel Kundschaft da. Die Stimmung in der Werkstatt ist entspannt und freundlich, gegenüber den Kunden und auch untereinander. Es scheint ein guter Ort zum Arbeiten zu sein und das macht es auch für die Kunden angenehmer. Hier kriegen sie es hin, ein gutes Arbeitsklima. Nach dem Kalender und der Hiobsache zu fragen, habe ich dann vergessen.

Vom Warten

Im Garten zirpen die Grillen in der Nacht. Wie ein Sommerkonzert in der Wiese hört es sich an, wie Urlaub. Ab und zu hört man auch den Regen auf die Blätter fallen, rauschen und tropfen, immer wieder durch die ganze Nacht. Schön und beruhigend hört sich das an, beides. Die Grillen kommen im Sommer seit wir Wiese im Garten wachsen lassen, zusammen mit anderen Insekten sind sie eingezogen. Die meisten hört und sieht man nicht, höchstens eine Spur von ihnen wie die kleinen Sandlöcher der Erdbienen. Aber die Grillen sorgen ab dem Nachmittag durch den Abend und bis in die Nacht für mediterranes Flair. Dass dort Leben zu hören ist, beruhigt genauso wie der Regen im Sommer.

Die letzten Jahre mit heißen Sommern haben sich eingebrannt. Wochenlang Sonne, Hitze, Trockenheit. Verbranntes Land, sterbende Pflanzen und tote Fische, die aus dem See den Fluss hinuntertrieben. In den Bergen fehlte der Schnee, der sonst im Sommer schmolz und See und Flüsse speiste. Sie hatten zu wenig Wasser und auch der Seespiegel sank. Urlauber, die wie üblich wegen des Sees in die Region gekommen waren, fanden statt Badestrand breite Streifen von Schlick. Frisches Wasser fehlte und der zu warme See bedeutete für einige Fische den Tod. Der Boden war trocken und wurde immer trockener. Risse taten sich in der Erde auf. Man mochte nicht mehr in den Wald gehen. Das Rascheln der vertrockneten Blätter auf dem Waldboden wurde laut, jeder Schritt machte die tödliche Trockenheit hörbar wie ein Flüstern vom Tod, der sich in Erinnerung ruft.

Später im Sommer kamen die Stürme und entwurzelten die von der Trockenheit geschwächten Bäume. Sie lagen wie Mikadostäbchen auf verwüsteten Flächen im ehemaligen Wald, bis sie in den nächsten Jahren abtransportiert wurden oder liegenblieben und irgendwann überwucherten. Dort wo sie gestanden hatten blieben Löcher zurück, nachdem sie mit ihren Wurzeln herausgerissen worden waren. Wunden klaffen jetzt in der Erde, überall im Wald und an Hängen. In den nächsten Jahren fielen weitere Bäume um und rissen Löcher in den Boden, auch wenn die Sommer nicht mehr ganz so unbarmherzig waren. *Die Sonne scheint unbarmherzig vom Himmel*, zum ersten Mal spürte ich, was damit gemeint ist. Als Mensch hatte ich die Wahl und konnte im Haus bleiben, während draußen jeden Tag von morgens bis abends die Sonne schien und die Natur austrocknete. Für die Pflanzen gibt es kein Entrinnen, für die meisten Tiere auch nicht.

Mein Weg zur Arbeit ging damals über den Fluss und irgendwann sah man von der Brücke dann die toten Fische hinuntertreiben. Für sie war es im See so warm geworden, dass sie nicht mehr atmen konnten und einen Fluchtweg gab es für sie nicht. Werden die Bedingungen lebensfeindlich, muss man die Umgebung verlassen. Wenn das nicht geht, endet das Leben eben. Machen wir uns nichts vor, das gilt auch für uns.

Seither habe ich eine Art Angst oder Unruhe vor dem Sommer. Es fängt im Frühling an, wenn die Sonne kräftiger wird und die Temperaturen steigen. Ich warte dann auf Regen, mehrere Tage ohne machen mich unruhig und ich bin erleichtert, wenn er dann kommt. Ist Ende Mai und es hat geregnet, wie in diesem Jahr, fange ich an zu rechnen. Noch zwei bis drei Monate Sommer vor uns und es ist noch kein dauerhaftes Hoch in Sicht. Vielleicht reicht das Wasser dieses Jahr gut über die warme Jahreszeit, wenn die Wasserspeicher aufgefüllt sind. Weiter flussabwärts gibt es sogar Hochwasser, hört man in den Nachrichten.

Einen Monat ist das letzte Vorstellungsgespräch jetzt her, ohne Antwort, ob und wie es weitergeht. Vielleicht haben sie mich geghostet, es wäre nicht das erste Mal. Offenbar ist das heutzutage eine Möglichkeit, einfach eine mögliche Handlungsoptionen. Statt eine für Empfänger unangenehme Nachricht zu übermitteln, tut man es nicht und überlässt es den dann nicht mehr Empfängern eine Leere, ein Nichts, eine offene Situation als Absage zu interpretieren, als ein Nicht-Wollen des nicht mehr Gegenübers. Letzterer ist gegangen, offenbar, denn anfangs weiß man nicht, dass man zurück gelassen wurde und der andere gegangen ist. Eine Zeit lang fühlt man sich noch im Warteraum und weiß nicht, dass der andere schon entschieden hat, dass er endgültig weg ist und dies kein Warteraum mehr ist. Anfangs war das eventuell noch keine Entscheidung. Man ließ sich die Sache offen, falls man zurückkehren und wieder auf die Wartende zurückkommen möchte. Dann kamen andere Leute, Eindrücke, Geschehnisse, Ideen und haben vergessen lassen, dass dort eventuell noch jemand wartet, auf einen oder auf irgendetwas, eine Antwort zum Beispiel.

Das kommt jetzt immer wieder vor. Beim Dating, in Freundschaften, auf der Suche nach Mitarbeitenden. Auch mit der Organisation, in der ich gearbeitet habe, habe ich das erlebt. Nachdem ich mich hilfesuchend an die Leitung gewandt hatte, als die Arbeitssituation immer unerträglicher wurde, hatte man erst Betroffenheit gezeigt und Hilfe zugesagt, dann vertröstet und schließlich auf meine Anfragen nicht mehr geantwortet. Die Pandemie half dabei, sich in der virtuellen Unübersichtlichkeit unsichtbar zu machen. Auf eine Antwort wegen der Stelle aus dem letzten Bewerbungsgespräch warte ich jetzt nicht mehr wirklich. Es ist mehr eine Neugier, ob sich diese Leute wirklich gar nicht mehr melden und die Stelle jemand anderem anbieten werden oder sogar schon angeboten haben. Immerhin lief das Ganze über einen Arbeitsvermittler, der also sonst nichts anderes tut als genau das. Nun ja, ich habe eine neue Einladung zum Gespräch für eine andere Stelle.

Vom Warten Aufhören

Warten, ich bin nicht mehr so sicher. Je länger, desto weiter rückt alles von mir weg: die Ereignisse, mein Ausbrennen, die Arbeitssuche, die Vorstellung, mich in die Arbeitswelt wieder einzufügen, die Hoffnung darauf und der Wunsch danach, der Mensch, der ich mal war. Aber was sonst und wozu sollte das Ganze gut gewesen sein? Immer noch geistert die Idee herum, alles müsste doch für irgendetwas gut gewesen sein. Das Erlebte könnte eine Metamessage oder eine Lernaufgabe enthalten, die man meistern müsste, um auf das nächste Niveau zu kommen. Ungefähr wie im Computerspiel, Frogger oder so. Was wenn nicht. Was wenn das Leben nur eine Aneinanderreihung mehr oder weniger herausfordernder Belanglosigkeiten für im großen Ganzen gesehen bedeutungslose einzelne Menschen ist?

Manche schreiben ganze Bücher über die weniger interessanten Belanglosigkeiten, über all die mit Zigaretten rauchen und irgendwohin fahren verschwendete Zeit und über banalste Gespräche. Sie multiplizieren die Verschwendung ihrer Lebenszeit dadurch, dass sie auch noch andere mit rein ziehen. Andere, die dann ihre Lebenszeit mit dem Lesen der ganzen Belanglosigkeiten verschwenden. Das Besondere heißt es, sei, dass auf diese Weise das Lebensgefühl dieser Leute auf den Punkt gebracht würde – oder in die Breite und Länge – und sie sich darin wiederfänden. Das scheint sehr befriedigend und mir sehr paradox. Ein Leben in dem gefühlt nicht viel passiert und das sich in die Länge zieht, wird nochmals geschrieben, gelesen oder gezeigt, weil man sein Lebensgefühl darin wiedererkennt. Dann hätte man es ja auch gleich sein lassen können, dieses Gefühl nochmal zu durchleben und beim Original bleiben können. Aber vielleicht fehlt mir einfach das nötige poetische oder sozialromantische Empfinden. Mir scheint jede aus dem Fenster geschaute Minute erfüllender. So langweilig ist also mancher

Leuts Leben und wäre wohl auch meines gewesen, wenn es nicht so voller Tiefs und Hochs gewesen wäre und teils auch Qual, deren Abwesenheit man wiederum genießen kann. Das versöhnt fast etwas mit dem Schicksal.

Langsam kehrt Friede ein, Normalität, ein normaler Umgang mit friedlichen Leuten. Die Sonne scheint am Morgen ein bisschen durch leichte Wolken. Kein übles Gespräch wartet, keine böse Email kann sich ins Postfach drängen. Vögel zwitschern, der Kater sitzt auf der Terrasse und lässt sie sein, im Gebüsch raschelte ein Igel. Nichts muss getan werden. Kein Weg zur Arbeit, kein Tag im Büro, kein Aushandeln, kein Diskutieren, kein Streit, kein Angriff und keine Verteidigung nötig. Körper und Geist können ausruhen, Friede draußen und Ruhe drinnen. Wie gut das tut, eine nährende Stille. Nach langer Zeit gefühltem und vom Gegner auch so benanntem Krieg, der völlig unerwartet am Arbeitsort über mich hereinbrach, kann ich sie jetzt umso mehr genießen. Warum wird der Friede so wenig geschätzt, nicht gepflegt. Überall Krieg und Auseinandersetzung, im Großen wie im Kleinen. Irgendjemand erklärt einen Krieg und überfällt andere. Sogar in einem eigentlich friedlichen Land kann jemand an seiner Arbeitsstelle eine Front aufmachen. Hier herrscht jetzt Krieg. Hier wird gekämpft. Die Schlacht ist eröffnet.

Im Großen und weit weg ist es ganz eindeutig. Dort ist der Täter, sie haben angefangen, da muss man doch... Und hier? Hier, wo man alle Mittel hätte, Aggression und Unrecht zu stoppen, lässt man sie gewähren. Die Schicht der Kultiviertheit ist hauchdünn. Gewaltbereitschaft, Primitives und das Recht des Stärkeren wirken darunter weiter. Der Krieg der anderen wird benutzt, um sich gegenseitig zu bestätigen, dass man sich auf einem anderen Niveau der Zivilisation befindet. Man meint, sich zu Recht erhaben fühlen zu können. Außer man würde angegriffen natürlich, von irgendwelchen Barbaren, dann müsste man sich verteidigen. Das ist einem jetzt klar geworden und man spricht hastig umfangreiche Kredite, um aufzurüsten. Es gilt im Großen wie im Kleine. Unter nahezu jedem

Beitrag in Social Media finden sich irgendwo in den Kommentaren eklige Diskussionen, Streit, Beleidigungen. Egal, ob es um Politik oder ein Kleinkind-streichelt-Haustier-Video geht. Das anzusehen, tut nicht gut und ist im Sinne der Selbstfürsorge besser zu meiden. In den Schulen sollen Digitalkompetenz und Umgang mit Geld gelehrt werden, um Kinder auf die Herausforderungen der neuen Welt vorzubereiten. Wie wäre es mit Konflikt- und Friedenskompetenz? Vielleicht fehlen geeignete Lehrkräfte.

Irgendwann kommt auch die Energie wieder. Sie wächst, auch wenn sie womöglich nicht dieselbe wie früher ist. Es braucht einen vorsichtigen Umgang mit ihr, sonst zieht sie sich wieder zurück. Nicht überbeanspruchen, leicht probieren, was möglich ist. Das ist nicht jeden Tag gleich und nicht für alles gleich. Mit Vorsicht zu genießen sind Schübe der Euphorie, in denen die Energie wieder riesig scheint und zusammen mit der Motivation wieder für alles gleichzeitig machen wollen begeistert. Dem nachzugeben ist wichtig, um sich wieder zu spüren und Begeisterung auszuleben und um Motivation für das Weitere zu bekommen. Wichtig ist auch, rechtzeitig zu stoppen, ungefähr leicht nach dem gefühlten Höhepunkt der Schaffenskraft. Der Puffer ist nicht mehr wie vorher und die Reserven sind zu schonen. Und ansonsten damit leben, dass es Aufs und Abs gibt.

Vom nicht mehr können

Es regnet, schon seit vier Wochen. Die Flüsse treten langsam über die Ufer, hört und liest man. Auch unser Fluss steigt genauso wie der See, den er durchfließt. In den Bergen liegt ungewöhnlich viel Schnee, der sich fürs Schmelzen bereit macht. Anders als in den trockenen Jahren zuvor hat es im letzten Winter viel geschneit. Da kommt also auch noch etwas auf uns zu, ein ankriechendes Katastrophengefühl ist bereits unterwegs. Wie die Schnecken. Es sind sicher Hunderte im Garten. Der eigentlich kurze Weg zum Kompost dauert mehrere Minuten, wenn man niemanden tottreten möchte. Überall sind sie auf den Wegen, an den

Hauswänden, an den Fenstern und das sind nur die sichtbaren. Von einer hohen Dunkelziffer muss ausgegangen werden.

Jede Kleinigkeit ist anstrengend. Ich kann nicht, kann nicht mehr, hatte noch nie gekonnt, hätte eigentlich noch nie gekonnt, habe aber trotzdem. Eigentlich war alles vielleicht schon lange viel zu viel. Wie im Arbeitsleben der letzten Jahrzehnte zu funktionieren, hat womöglich schon sehr lange nicht gepasst. Es ist aber nicht ins Bewusstsein gedrungen. Dieses Leben hatte über lange Zeit eine Anpassung an Umstände erfordert, die nicht richtig sind und irgendwann krank machen. Dann kann man nicht mehr und muss aufhören, weil es keine Alternative gibt. Es geht einfach nicht mehr.

Davor ging es schon noch, im Prinzip konnte man noch, obwohl es nicht gut gewesen war. Trotzdem macht man weiter, weil man muss, weil man glaubt zu müssen, weil man will, weil man glaubt zu wollen, weil einem andere glaubhaft machen, dass man will. Oder man kommt überhaupt nicht auf die Idee, es könnte anders sein. Das Nicht-mehr-können öffnet eine Tür. Wenn man nicht mehr kann, muss man nicht mehr und muss über das Wollen oder seine Abwesenheit keine Rechenschaft ablegen, anderen nicht und sich selber auch nicht. Irgendwann, wenn es besser geht und das Können langsam wieder möglich würde, kommt der kritische Punkt. Will man wieder, was man lange Zeit nicht mehr konnte? Nicht können und wollen haben sich jetzt womöglich vermischt. Im Nicht-können merkte man, dass man nichts vermisste. Hatte man das alles also überhaupt nicht gewollt und vermisst es dann logischerweise nicht? Vielleicht haben sich die Wünsche auch geändert. Im leeren Raum des Ungeschäftigen kamen andere Ideen an die Oberfläche, was man tun, wie und wer man sein könnte, wie man leben möchte. Die Bilder wurden bunter. Manche waren alte Bekannte von früher, die man vor längerer Zeit hinaus gebeten hatte, um anderen den Vorzug zu geben. Verschwunden sind sie nie ganz, lungerten in der Nähe herum, kicherten unüberhörbar, wenn man leicht unterhalb der Wahrnehmungsschwelle neidisch auf ganz andere Leben schaute. Oder sie trauerten, wenn Ideen vermeintlich verpasster Abzweige des Lebens auftauchten im Gespräch mit Fremden, denen man gefahrlos alles erzählen konnte.

Was soll leiten, das Können, das Sollen oder das Wollen? Was, wenn ein Wollen nicht gelingt? Können und Sollen scheinen den sicheren Weg zu weisen. Wie egoistisch wäre es auch, dem Wollen zu folgen. Wer kann das schon. Überall fügen sich die Menschen notgedrungen in ihr Schicksal und in vorgezeichnete Lebenswege. Wie vermessen wäre es, dem Wollen nachzugeben und etwas auszuprobieren? Das Schicksal könnte einen dafür bestrafen, dass man mehr wollte und glaubte, es erreichen zu können. Man könnte scheitern und müsste dann die Schadenfreude ertragen. Hast du etwa geglaubt, du könntest.... sein, schaffen, werden, haha.

Andererseits handeln all die zelebrierten Erfolgsstories von erfolgreich Gewolltem. Du musst deinem Traum folgen, du musst nur an dich glauben, deine Berufung finden, dann wird alles gut. Diese Branche lebt allerdings bekanntermaßen vom Fake. Der Schein des Gelungenen wird durch geschickte Auswahl des Guten und Schönen erreicht. Und durch Filter. Storytelling, gut erzählt ist gut gelebt. Reich bebildert ist das außergewöhnliche Leben eine Inszenierung, die teilbar ist und die Follower miterleben lässt. Ein Film ohne Handlung, denn viel mehr als einkaufen, essen, sich einkleiden und eincremen passiert ja meist nicht.

Vom Ermächtigen

Für heute ist wieder Regen angesagt, nach etwa drei Tagen Sommer zwischendrin. Vielleicht sind sie deshalb schon so früh mit den Erntemaschinen unterwegs. 4:31 noch schnell vor dem großen Regen und den vorhergesagten Unwettern das Getreide ernten. Die Erntemaschinen sind riesig, laut und mit großen Halogenscheinwerfern ausgerüstet. Das Getreide wird beleuchtet wie ein Fußballfeld. Es ist zwar weit weg, auf der anderen Seite vom großen Salatfeld, aber das

Brummen der Maschinen ist hier noch laut genug und wahrscheinlich so ungewöhnlich, dass es zum Wecken und wach halten ausreicht.

Geerntet werden muss natürlich, Regen und Unwetter kommen ebenfalls natürlich, auch wenn sie heute nicht mehr so ganz und gar natürlich verursacht sind, zumindest in dieser neuen Intensität. Vielem sind wir als Menschen einfach ausgeliefert. Das war schon immer so und das ist unerträglich. Dem Ungewissen ausgeliefert sein und wissen, dass es so ist, ist eine totale Ohnmachtserfahrung. Das unterscheidet uns mutmaßlich von Tieren. Sie leiden natürlich auch unter Gewalt, darunter eingesperrt zu sein und unter Terror. Beim Mensch kommt dazu, dass er sich dessen bewusst und den Mächten wissentlich ausgeliefert ist. Kann er sich nicht dagegen wehren, fühlt er sich ohnmächtig. Das ist ein schwieriges Gefühl. Offenbar noch schwerer erträglich als die Ohnmacht gegenüber natürlichen Mächten ist die gegenüber un-menschlichen Mächten. So sind Kriege und Gewalt verstörender als Überschwemmungen und Hitze.

Wobei in der Pandemie auch die gefühlte Übermacht winzig Kleiner den Leuten Angst machte. In vielen Ländern erlebten die Menschen durch die Maßnahmen zusätzlich eine Regierungsübermacht und keinen Einfluss mehr zu haben, nicht über ihr Leben, ihr Zuhause, sich und ihren Körper bestimmen zu können. Für manche war das zu viel und selbst dort, wo man es nie erwartet hätte, protestierten sie.

Als Gegengift der Ohnmacht wirken Religionen, die das ohnmächtig arme Leben erträglich machen. Eine noch höhere Macht kann einer ungerechtfertigten und ungerechten Macht etwas entgegen setzen. Die höhere Macht kann die Mächtigen in die Schranken weisen, wenn nicht jetzt, dann jenseits dieser Welt. Der Glaube gibt Hoffnung auf Gerechtigkeit und darauf, dass nicht Willkür herrscht, wenn nicht hier, dann zumindest später anderswo. Ironie menschlicher Systeme allerdings, dass auch auch und besonders in der Religion mit Macht die Ohnmächtigen unterdrückt werden.

Auch Selbstermächtigung tritt erlebter Ohnmacht entgegen. Die große Revolution ist nicht mehr so populär, aber im Persönlichen lässt sich Macht über sich selbst übernehmen. Über den eigenen Körper und die Gedanken kann mit Disziplin umfassend Macht über sich selbst erlebt werden. Und wo auch das nicht möglich ist, kann man anderen folgen, denen es möglich ist, und sich mit ihnen identifizieren – als Stellvertreterinnen sozusagen. Die Influencerin, die ihr Gewicht um Dutzende von Kilos reduziert hat, der Typ mit dem muskulös-definierten Körper, die Lebenshilfeguru mit dem Draht zum großen Ganzen, der Yogi mit der besten Meditationsmethode, der Mönch mit der stärksten Gedankendisziplin und so weiter und so fort. Die Illusion der Selbstermächtigung in Zeiten großer Unsicherheit und noch größerer Ohnmacht ist eine harte Währung und lässt sich auch in diese umsetzen.

Wir waren eventuell schon mal weiter. Irgendwann in den Neunzigern letztes Jahrhundert kam mal etwas Hoffnung auf, als globale Fronten, eiserne Vorhänge und totalitäre Regime in Auflösung waren. Ein temporäres Phänomen leider. Die richtigen Schlüsse aus Erkenntnissen zu ziehen und umzusetzen, scheint eine unüberwindbare Hürde. Warum wird eigentlich nicht dazu geforscht? Überall das Gleiche, es wird gesehen, was gesehen werden soll und das ist plus minus, was man immer schon gesehen hat.

Die Astronauten der ersten Apollo-Mission, die ersten Menschen auf dem Mond, waren damals mit einer sehr wichtigen Botschaft aus dem All zurückgekommen. Sie hatten vor allem den Auftrag, als erste dort gewesen zu sein. Ein großer Sprung für die Menschheit, ein Riesenschritt sollte es sein – für eine ausgesuchte Nation. Mensch hatte die Erde verlassen und den Fuß auf einen anderen Himmelskörper gesetzt, eine Machtdemonstration. Die Astronauten sollten ein paar Messungen machen und Erkenntnisse gewinnen, und das taten sie. Verändert kamen sie zurück. Was sie erlebt hatten, hatte noch niemand vor ihnen erlebt und es würde auch niemand nach ihnen mehr erleben. Denn sie waren die ersten gewesen, die den Mond besucht hatten. Das hatte sie verändert. Den Astronauten war offenbar fast noch wichtiger als der Mondbesuch, dass sie die Erde von draußen gesehen hatten in ihrer Schönheit und in ihrer Verletzlichkeit.

Immer wieder versuchten sie, diese einzigartige Erkenntnis mit dem Rest der Menschheit zu teilen. Der interessierte sich nicht wirklich dafür, *jaja, unser schöner blauer Planet... klein und verletzlich....* Das ist keine Story über Macht, es wäre eine von Demut und das war nicht gefragt. Die Mondlandung sollte ein Zeichen der Großartigkeit und der Ermächtigung sein. Und so ging die wohl wichtigste Botschaft unter in den Bildern vom Mond, auf dem man mit der Fahne den Claim absteckt, und der Bewunderung über die technische Meisterleistung. Dass sie es wieder heil zurück auf die Erde schafften, war offenbar mehr Glück und Verdienst der Besatzung als technisches Meisterwerk in einem Kamikazeunternehmen, wenn man den Berichten glauben darf.

Was könnte nun der Weg aus der Ohnmachtserfahrung heraus sein, mehr Demut üben oder sie durch Selbstermächtigung überwinden und wieder mehr Kontrolle über sein Leben bekommen? Vielleicht mal raus aus der Jogginghose so als Anfang. Womöglich schließt das eine das andere ja auch gar nicht aus. Ich beschließe, die demütige Selbstermächtigung auszuprobieren.

Zwischenwelten

Die Frau wühlt hektisch in der Einkaufstasche und verlangt mit barschen Worten den Kassenbon. Sie ist schon deutlich im Rentenalter fortgeschritten, praktische Sehrkurzhaarfrisur, klein und mager von ihrer Statur her. Sie bewegt sich irgendwie abgehackt und spricht auch so, in etwas herrischem Tonfall. Ihr Mann, in ähnlichem Alter und ebenfalls mager, aber sehr viel größer schaut sie kurz an und wieder weg, als sei ihm die Situation vertraut, ginge ihn aber nichts an. Vielleicht ist seine Frau krank, dement, wunderlich oder auf dem Weg dahin. Vielleicht weiß er es, ahnt es oder verdrängt es.

Seine Frau wirkt wie in einer eigenen Welt, in der alles schnell gehen muss, in der man sich beeilen muss, um nicht zu kurz zu kommen und genau aufpassen muss, damit man bekommt, was einem zusteht und nicht übervorteilt wird. Ständig in Bewegung bleiben, das zehrt aus, ständig misstrauisch sein, das verhärmt. Wie sie wohl in ihrer Jugend war, was hatte sie wohl Anziehendes, wie hat er sie wohl gesehen, dass daraus eine Ehe wurde und wie hat die Ehe sich und die beiden wohl verändert? Meine Phantasie reicht nicht aus. Die Kassiererin scheint den nicht gerade freundlichen Ton wahrzunehmen, schaut die Frau kurz an und entscheidet wohl, dass keine Reaktion Sinn machen würde. Sie gibt der Frau einfach den Kassenzettel.

Hier in dieser Region ist Grenzgebiet. Zwei Länder treffen mit ihren Kulturen aufeinander. Die eine erwartet Höflichkeit, was in der anderen weit weniger üblich ist. Ich bin schon lange Grenzgängerin, Arbeiten, Leben, Freizeit, Einkaufen, Arztbesuche puzzeln sich im Ländermosaik zusammen. Das macht es abwechslungsreich, bunt, vielfältig und unübersichtlich, kompliziert, anstrengend. Es erfordert ständige Verhaltensanpassung, die nicht immer automatisch passiert, weil man nicht in jedem Moment präsent hat, auf welcher Seite der Grenze man sich gerade befindet. Im Auto fahre ich entweder zu schnell oder bin zu langsam und provoziere Überholmanöver. Ich sage meine Meinung zu deutlich oder bin zu vorsichtig, so dass man nicht mal merkt, dass ich überhaupt gerade eine Meinung geäußert habe. Das kann dann entweder als höflich oder schwächlich interpretiert werden. Ein Lokal kann man ganz ohne Worte, mit einem Tschüss, Auf Wiedersehen oder aber mit den besten Wünschen für den Nachmittag, den Tag, die Woche oder den Rest des Lebens verlassen. Was passend ist, hängt dabei nicht nur davon ab, auf welcher Seite der Grenze man sich befindet, sondern auch vom Gegenüber. Denn das Gegenüber kann auch von sonst woher stammen und dann liegt man total falsch.

Dazu kommt, dass mir eigentlich beides fremd ist, sowohl die eine als auch die andere Seite. Ich bin in einer ganz anderen Region aufgewachsen und sozialisiert worden. Dort war alles viel offener, moderner und mehr Meinung und kritische Diskussion üblich. Je länger ich von dort weg bin, desto mehr und schöner. In der Fremde entwickelt sich das Heimatgefühl womöglich besonders stark, die Erinnerung verklärt.

Trümmerarbeit

Bei den mathematischen Aufgaben waren die Ergebnisse in einigen Facetten nicht so toll, deutlich schlechter als früher. Letzteres weiß der Personalberater nicht, er kennt mich erst seit kurzem. Der Test soll helfen, Stärken und Schwächen einzuschätzen. Er will einschätzen, wo die Potenziale liegen und mir bei deren Freisetzung helfen. Dass ich in mathematischen Fähigkeiten abgebaut habe oder haben soll, hilft nicht. Wo sind sie hingegangen, werden sie wiederkommen, woher kamen sie ursprünglich. Gelernt, über lange Zeit eingeübt, ein bisschen Veranlagung? Werde ich sie überhaupt noch brauchen, fehlen sie, ist etwas anderes an ihre Stelle getreten oder vielleicht ein Nichts. Gibt es nun Leerstellen im Gehirn, in meinem Gehirn?

Ein Therapeut sagte mir, Burnout und Depression, die symptomatisch das Gleiche seien, gingen mit Veränderungen im Gehirn einher. Ich hatte wissen wollen, warum ich nicht mehr klar denken kann, gar nicht mehr denken, nur noch müde war und Nebel im Kopf hatte. Das war am Höhepunkte des Burnout oder besser gesagt am Tiefpunkt. Seine Antwort beruhigte da nicht wirklich.

Die Vernetzung der Synapsen verändert sich, konkret entfallen wohl einige Verbindungen, werden aufgelöst. Und, so hofft man, andere werden aufgebaut. Ob meine Denkfähigkeit wieder zurückkäme, wollte ich wissen. Ja, sagte er, mit einem ganz leichten, dennoch die Wahrnehmungsschwelle durchbrechenden und unangenehmen Zögern. Veränderungen waren mir immer hoch willkommen gewesen. Nichts war unerträglicher als Gleichförmigkeit und Stillstand gewesen. Aber doch nicht so. Nicht, dass sich mein Gehirn einfach so auf eigene Faust verändert, mein Denken, meine Fähigkeiten, womöglich mühsam Erlerntes, Erlebtes verschwindet. Wer entscheidet, was da aussortiert wird.

Auch Ausmisten, Ballast abwerfen, Loslassen und Minimalismus habe ich früher begeistert praktiziert, selbstbestimmt und aktiv. Ob ich etwas und wenn ja was ich tun kann, frage ich den Therapeuten. Geduld haben, es brauche Zeit und passiere einfach, sagt er. Der Supergau der Antworten. Ich soll nichts tun können, keinen Einfluss nehmen und akzeptieren, was in meinem Gehirn passiert. Das bin doch ich und nun auch noch dort im Zentrum meines Ichs entmachtet, auf die Zuschauerbank geschickt, wobei das meiste hinter einem Vorhang abläuft. Was kann ich tun?

Gestalte dein Leben selbst, du kannst alles schaffen, wer fährt deinen Bus. Was ist damit? Eine Richtung, die ein anderer Therapeut vertritt, die mir aber zeitweise nicht offen steht. Es geht nicht, präziser ich kann nicht, im Sinne von ich bin momentan nicht in der Lage dazu.

Eine andere Möglichkeit ist, den Geist einfach sein lassen, ruhen oder meinetwegen sich umbauen lassen und sich um den Körper kümmern. Der Körper bietet einen direkteren Zugang, der sich nicht entziehen kann. So lange er da ist, ist er erreichbar und über ihn auch der Geist.

> *Tun Sie sich was Gutes.*

> *Machen sie sich ein paar schöne Tage.*

> *Gehen sie raus, sie sind nicht bettlägrig.*

> *Fahren sie mal weg. Tapetenwechsel!*

Keine hippen Lebensphilosophien, das waren die bodenständigen und zeitweise sehr hilfreichen Ratschläge des Arztes. Bewegung, Rennen sie drei Mal pro Woche eine Stunde und nicht zu schnell, essen sie gesund und kümmern sie sich, wenn irgendwann wieder möglich, um die Sinnfrage, auch spirituell, der Rat einer Ärztin die eigentlich vom Arbeitgeber aufgeboten worden war, um mir Simulantentum und die Verantwortung für die Situation anzulasten. Es gibt sie, Menschen die einen positiven Unterschied machen wollen und können. An der richtigen Stelle sind sie ein Segen und eine Stütze im gefühlten Fall ins Bodenlose. Sie geben Impulse in der Orientierungslosigkeit für das Wie-Weiter. Aus unerwarteter Richtung kommt etwas und macht einen Unterschied, positiv oder anders, das weiß man manchmal nicht so genau, weil die Zusammenhänge komplex sind und der Zufall erst recht.

Der Käfer auf dem Busch glänzt golden, oder schillert grün, je nachdem, wie die Sonne auf ihn scheint. Das tut sie gerade zwischen zwei Regenfronten. Die eine ist in der Nacht abgezogen, die nächste ist für heute Nachmittag angekündigt. Hinter dem Busch öffnet sich die Aussicht ins Tal und man sieht vom Berg hier oben den großen Fluss. Er ist viel breiter als sonst um diese Jahreszeit. In der Region sind alle Gewässer angestiegen und der Durchfluss hat sich erhöht. Immer mehr Wasser kommt, eigentlich besser oder nicht so schlimm wie die Trockenheit, dachte ich.

Von hier oben sieht man nun, wie nahe der Fluss unserem Zuhause jetzt ist. Wenige Dutzend Meter liegen dazwischen. Ein Mann aus dem Ort kommt vorbei, macht ein Foto in die Ebene und wir reden kurz. Ein Hochwasser hat er in unserem Ort noch nicht erlebt. Noch scheint die

Sonne, aber der Regen wird kommen. Und selbst wenn er nicht kommt, es reicht, wenn es irgendwo im Einzugsgebiet regnet. Das lässt hier den Pegel steigen. Düsteres Wetter, Unwetter irgendwo bringen uns hier Katastrophen. Bei schönstem Sonnenschein wiegt man sich in Sicherheit, bis es über einen hereinbricht. Man hätte es womöglich kommen sehen können, wenn man gewollt hätte. Wohl hätte man es nicht verhindern, aber doch zumindest Vorsorge treffen können. Hat man aber nicht. Man hat es nicht wissen wollen, das hätte Sorgen und Arbeit bedeutet. Das wollte man nicht. Und schließlich gab es ja die Möglichkeit, dass es nicht so schlimm kommt. Auf die hat man gesetzt. Manchmal weiß man auch viel zu wenig oder man kennt die Einzugsgebiete nicht. Oder man merkt gar nicht, dass man sich nahe eines Stroms aufhält, bis etwas passiert. Bis ein Zuviel oder ein Zuwenig entsteht. Zu viel oder zu wenig Wasser, Sonnenblumenöl, Toilettenpapier, Fachkräfte, Toleranz, Konsequenz. Man merkt es gar nicht, weil man keine Muster und Zusammenhänge begreift. Und irgendwann ist es zu spät.

Organisationskonfetti

> *Ein oder zwei - von tausend vielleicht,* sagt er.

Praktisch niemand außer mir habe sich daran gestört, den sogenannten Sicherheitsfragebogen für diese Bewerbung auszufüllen und das sei auch generell in all den anderen Verfahren bisher so gewesen, behauptet er. Mich hatte es gestört, Fragen über Gesundheit und sehr Privates zu beantworten; es ist nicht zulässig, eigentlich. So hatte ich es also bleiben lassen. Immerhin gab man mir die Möglichkeit, mich zu erklären. Wieder in der Entfremdung gelandet, die anderen haben nicht nachgefragt. Dann halt nicht, ist mir so langsam auch egal. Dann bin ich eben nicht dabei. Irgendwie müsste ich mich halt in der Entfremdung einrichten. Mit ihr einrichten und in ihr heimisch werden. Dann wäre ich im Gefühl der Entfremdung heimelig. Auf die Stelle habe ich sowieso keine Lust, hatte ich vorher schon nicht und jetzt nach dem Gespräch noch viel weniger. Es lief in ziemlicher Hektik ab mit den nächsten Kandidaten schon hörbar vor der Tür. Das Tätigkeitsfeld ist provinziell, das war mir nicht so klar vorher. Komisches Gespräch auch, unecht die Chefin. Gibt etwas vor, was sie nicht ist. Das Souverän-Wirken ist aufgesetzt. Ich bin unzufrieden, der Aufwand war umsonst, die Fahrt dorthin war lang. Ich habe versucht, noch etwas draus zu machen mit zwei Museumsbesuchen. Das waren Flops. Im ersten Museum wird die Geschichte eines Dorfes erzählt, das gefährdet ist, warum ist jetzt mal egal, und evakuiert werden muss. Auf Zetteln und Tafeln ist in wirrer Anordnung beschrieben, was das für die Leute bedeutet und wie schlimm es ist, dass sie umziehen müssen. Irgendwohin in ein anderes Dorf in der Nähe. Mann, Mann, Mann.

Ich denke an all die Kriege, die neuen und die alten. Ich denke an Umweltzerstörung, Hungerkrisen und Vertreibung. An all die Frauen mit kleinen Kindern in Rettungsbooten, die ihr Leben riskieren und falls sie ankommen, Anfeindung und Ausgrenzung erleben, auch hier in diesem reichen Land. Ich bringe einfach nicht das Mitgefühl auf, wenn Leute hier ins Nachbardorf ein paar Kilometer weiter ziehen müssen, übergangsweise für ein paar Jahre. Ich verstehe die Tragik nicht. Und doch scheint es sogar eine Ausstellung wert. Viel investiert hat man dabei wohl nicht, sie sieht aus wie ein Schulprojekt der 7. Klasse. Es sollte wahrscheinlich nichts kosten. Was kein Geld abwirft, darf auch nichts kosten. So ist das hierzulande. Kultur hat keinen Wert, Kunst auch nicht. Es muss sich hier rechnen und zwar gleich, nicht später und es muss sich monetär rechnen, nicht ideell oder durch Bildung oder so was. An anderer Stelle sind Ausgaben dagegen willkommen. Wenn Geld weg muss, damit sich jemand wichtig fühlen kann.

Das zweite Museum ist auch nicht besser. Es hätte um Kommunikation gehen sollen. Ebenfalls Räume voller Zettel, ein paar zusammengewürfelte Dinge, vermutlich von Leuten aus dem Keller hervorgeholt und gratis gestiftet. Win-Win, Entsorgung kostet hier natürlich ebenfalls. Ich habe nichts gesehen und nichts gelernt zu Kommunikation. Museen der Bundeshauptstadt eines reichen Landes, ein Trauerspiel. Wozu könnten die Museen denn gut sein? Um etwas zu verstehen, Neues mit Altem zu verbinden und so auf neue Gedanken zu bringen und zu kommen. Stattdessen alte Gedanken, ziemlich alte sogar. Unter dem Titel Kultur hilft kommunizieren, wird erklärt, dass die gleiche Kultur hilft, zu kommunizieren, man verstehe sich dann besser - wenn man aus der gleichen Kultur komme, so die Logik. Mit Menschen aus anderen Kulturen könne es aber zu Missverständnissen kommen. Ein Museum, das antiquierte Vorstellungen konserviert. Ich frage mich, wie viel Kontakt zu Menschen aus anderen Kulturen die Verfasserin wohl hatte. Wie oft habe ich mich in meiner eigenen Kultur fremd gefühlt, was ist überhaupt meine Kultur. Wohin sich sortieren.

In fremden Ländern hat es sich oft vertrauter als Zuhause angefühlt - selbst wenn man sich in einer fremden Sprache verständigte oder ganz ohne. An meinem vorletzten Wohnort in meinem Herkunftsland haben die Nachbarn nicht mal gegrüßt, das war fremd. In der Fremde wurde ich dagegen schon angesprochen, wenn ich einen Stadtplan in der Hand hatte. Ob ich Hilfe bräuchte. Einmal hielt jemand im Auto an, um Hilfe anzubieten. Und einmal rief jemand, mit dem ich keine gemeinsame Sprache fand, den Sohn an, um mir den Weg erklären zu lassen. Den Weg, den ich eigentlich wusste und das nur nicht hatte deutlich machen können. Als der Sohn dann am Telefon war, ging es nicht mehr, ich wollte nicht unhöflich sein. Tatsächlich war ich sehr gerührt. Das ist Kommunikation und das ist Kultur und da gibt es keine Missverständnisse, weil man nicht die gleiche Sprache spricht. Packt die Ausstellung ein, es ist eine Frage der Einstellung. Bringt das Zeug zurück in die Keller, statt den Kindern hier solchen Schwachsinn beizubringen.

Ich bin enttäuscht von dem Tag, der nichts Neues gebracht hat. Das Bemerkenswerteste an dem Tag war eine kleine, sogar außerordentlich kleine Begebenheit, die mich noch einen Tag später beschäftigt. Als ich zum Jobinterview in den Raum trete und meine Sachen auf den Tisch lege, bemerke ich eine sehr kleine Spinne in der Nähe meiner Mappe auf dem Tisch. Ich bin so verwundert, dass ich fast fragen will – verwerfe den Gedanken aber, weil Spinne als Thema für ein Vorstellungsgespräch nicht passend erscheint. Dann bin ich abgelenkt und denke nicht mehr weiter daran. Am Abend, wieder zuhause, packe ich meine Sachen am Esstisch aus und sehe wie eine sehr kleine Spinne meine Tasche verlässt. Von Größe und Statur ist sie sehr ähnlich wie die am Mittag oder gleich. Sie läuft weg von mir und ihre Körperhaltung drückt etwas von Angekommen-Sein aus, von mit-seinem-Gepäck-ausgestiegen-sein. Ist die Spinne mit mir aus der Bundeshauptstadt hierher gereist. Oder ist das etwa meine Spinne? Hat sie mich womöglich den ganzen Tag begleitet, und wenn ja, warum?

Zwischenzeitlich ist die Stellungnahme eingegangen. Der frühere Arbeitgeber hat zu meiner Beschwerde Stellung genommen. Ich bin froh, dort weg zu sein, aber beschwert habe ich mich. Gegen den Terror, gegen eine unrechtmäßige Kündigung, dagegen, dass ich mich an die Regeln gehalten habe und dafür gekündigt wurde. Damals, als ich noch nicht wusste, dass in Wirklichkeit ganz andere Regeln gelten. Nicht dass ich es nicht für möglich gehalten hatte. Man konnte es live beobachten, aus den Erzählungen der anderen entnehmen und aus dem Weggang der Leute schließen, weniger aus dem Kommen. Hier werden Menschen terrorisiert, die ihre Arbeit machen. Hier manifestiert ein Psychopath das Schlachtfeld in seinem Kopf in den oberirdischen Katakomben-Büros. Und alle schauen dabei zu und ab und zu auch weg. Dass es dort so sein soll, war immer eine mögliche Erklärung gewesen, allerdings eine unerträgliche. Eine Zeit lang habe ich gerätselt, warum mir niemand sagt, dass es hier halt so ist und ich einfach gehen soll. Später, viel später kam mir die Antwort. Mit aller Macht muss die Organisation ihr Image verteidigen. So gerne wäre man kultiviert, gebildet, vielleicht gar intellektuell und so soll es die Welt sehen. Das Grobe, Rohe, Unkultivierte darf nicht durchscheinen unter dem dünnen Kleid des Image. Denn in diesem Bild sonnt man sich. Wer dort an diesem Ort ist, hat es geschafft, der muss jemand sein.

Meine Erfahrungen störten. So soll es nicht gewesen sein. Das möchte man nicht. Nicht wahrhaben, nicht zugeben, nicht dafür verantwortlich gewesen sein. Also kann es so nicht gewesen sein und die große Umdeutung fängt an. Betrug und Selbstbetrug gehen weiter. Bestimmen wollen viele, Verantwortung übernehmen kaum jemand.

Solche Stellungnahmen vom früheren Arbeitgeber lese ich schon lange nicht mehr. Sie sind unwahr und mehr von dem, was ich schon zu lange Jahre ertragen musste. Für fiktiven Stoff sind die wirren inkonsistenten Geschichten ohne Spannungsbogen wiederum zu schlecht geschrieben. Das Storytelling beherrschen sie nicht. Für mich war das allerdings nicht von Vorteil, denn es interessierte trotzdem niemanden. Selbstkontrolle von Institutionen funktioniert nur bei integeren Leuten, ist dann aber genaugenommen überflüssig.

Irgendwann hatte ich verstanden, dass es nicht darum ging, die Wahrheit herauszufinden und eine faire Lösung. Es ging um das Durchsetzen. Es kann einfach nicht sein, dass da jemand von unten kommt und nicht akzeptiert, dass die oberen so oben sind, dass sie mit den Darunteren machen können, wie es ihnen beliebt. Dann noch eine Frau. Wo kommen wir da hin, geht gar nicht. Die offiziellen Dokumente der Organisation, in denen beschrieben ist, wie Respekt als Grundlage dient, wie man Mobbing begegnet und wie man nicht zum Bystander wird, waren nicht für Fälle wie meinen gedacht. Bei der offiziellen, angeblichen Vorgehensweise ging es höchstens um Ärger zwischen Kollegen, keinesfalls darum, die Hierarchie in Frage zu stellen. Hier gilt ein Kastenwesen.

Irgendwann, als ich all das verstanden hatte und die Hoffnung auf eine Lösung dahin war, kam die Neugier. Wie weit geht das System? Ich schrieb Politiker an, Organisationen der staatlichen Kontrolle, eine Aufsichtsbehörde. Ohne Erfolg. So weit geht das System also schon mal, deutlich über die Organisation hinaus. Alles ist so eingerichtet, dass in dem Kreis niemand zuständig ist und man im Zirkel hin und her geschickt wird, bis man wieder am Ausgangspunkt ankommt. Kafkaesk.

Ich las den Prozess noch einmal. Das letzte Mal ist wohl ungefähr ein halbes Leben her. Es beruhigte mich. Damals hat jemand eine Geschichte illustriert, wie ich sie gerade erlebe. Ein irres, in sich konsistent auf Irrsinn ausgerichtetes System. Wie konnte er das so beschreiben. Es war ein Moment des sich nicht mehr so fremd, sondern verbunden Fühlens. Unterdessen habe ich viele ähnliche Geschichten mitbekommen und Kontakte, die ähnliches erlebt und darüber geschrieben haben. Sie engagieren sich in Communities und dafür, dass die Welt diesbezüglich ein besserer Ort wird.

Die Willkür ist nicht zu ertragen. Ertragen, dass Dinge einfach passieren oder Menschen einem völlig beliebig etwas antun können, regellos. Kein Schutz existiert. Das ist nicht auszuhalten. Manche Betroffenen nehmen in solchen Situationen sogar lieber die Schuld auf sich. Wäre man selber Schuld, dann hätte man etwas vermeiden können und könnte es auch in Zukunft. Die Schuld zu übernehmen ist erträglicher als das Gefühl von Kontrollverlust und einer Gewalt ohnmächtig ausgeliefert zu sein. Willkür ist eine Nichtauszuhaltende. Sie höhlt die Gesellschaft aus, untergräbt das Menschliche, die Kultur, die Zivilisation.

Die Maßnahmen, die in der Organisation getroffen wurden, um das Böse zu verhindern, angeblich, schöpften aus der Requisitenkiste des Karneval. Während der Pandemie ging ein Brief an die Mitarbeitenden mit einem großen bunten Punkt aus etwas kräftigerem Karton darin. Man sollte einen Punkt machen, wenn andere ihn nicht machen, aus Respekt. Eine Kampagne, man sollte für Respekt einstehen als Upstander einschreiten, wenn Grenzen des Respekts überschritten würden. Mit bunten Punkten gegen Grenzüberschreitung. Ein Abteilungsleiter terrorisiert schon in zweiter Generation die Leute und versenkt Millionen Steuergelder. Das gibt es kein Grau und dagegen hilft kein Bunt. Punkt.

Die Liebe in den Zeiten von New Work

Welche Erleichterung. Die beiden auf meinem Bildschirm sind freundlich, fröhlich und offen. Das bin ich nicht mehr gewohnt, vor allem nicht zu so einem Anlass. Kurz vor dem Termin war unser Kater aus dem Garten zurück ins Haus gekommen. Mit leicht besorgtem Blick versucht er herauszubekommen, ob seine Unterstützung gebraucht wird. Er spürt das, Aufregung, Anspannung, Angst. Dann ist er da. Die Sorge, dass er im unpassenden Moment durchs Bild läuft, schreiend die Öffnung des Fensters verlangt oder hörbar am Teppich kratzt, war unbegründet. Er kommt, schaut nach dem, was getan werden kann und setzt sich zur Unterstützung neben mich.

Tatsächlich bin ich angespannt. Schon die letzten Tage hatte ich es bemerkt und mich gewundert. Schließlich hatte ich in den letzten Jahren einige Vorstellungsgespräche, aufgeregt war ich nie. Diesmal ist es anders, warum nur. Es geht um eine neue Bewerbung, einfach ein nächster Versuch, wirklich nichts besonderes nach all den Jahren der Suche. Diese Stelle interessiert mich allerdings wirklich und es wäre in einem ganz neuen Bereich. Ich ruhe mit meiner Bewerbung nicht auf langjähriger Erfahrung und muss plausibel machen, dass ich die Richtige wäre. Aber, und vor allem das, im Vorfeld zu dem Gespräch stimmte alles. Der Vorgesetzte schlägt einen Termin für ein erstes Treffen online vor, höflich und freundlich. Kein militärischer Tonfall, kein bitte geben sie Rückmeldung ob sie kommen oder nicht, denn Alternativen sind nicht vorgesehen, kein melden sie sich 7:55 pünktlich an der Pforte, kein Persönlichkeitstests, Fragebögen zu Lebensstil und -wandel, kein als zeitversetztes Interview getarntes Präsentationsvideo aufzunehmen.

Diesmal ist etwas anders, sehr spürbar für mich und es könnte bedeuten, dass eine Absage eine große Enttäuschung wäre. Die bisherigen Absagen waren nicht besonders schwer zu verkraften, ehrlich gesagt. Aufgaben entpuppten sich als völlig anders als angekündigt. Potentiellen Vorgesetzten kroch das Narzisstische aus jeder Pore. Anwesende Unterstellte versuchten mit ängstlichem Chefblick dessen

Reaktion auf ihre bescheidenen Fragen und Beiträge im Jobinterview abzulesen und die vom Chef gewünschte Richtung für das Gespräch zu erkennen, um es gut und richtig zu machen. Vielleicht sogar ein paar Pluspunkte sammeln. Das kam mir zu bekannt vor.

Aufsteigende Übelkeit zeigte mir gelegentlich an, dass dies nicht der Ort für mich war. Oder der misstrauisch, feindlich, ablehnende Blick der Vizechefin, die mich von oben bis unten mustert - Pädagogin, Lehrerin, jetzt in der Ausbildung selbiger, beklemmend. Denn es wird nicht nur schnell klar, dass der Leiter der Institution zwar menschlich integer ist, die beisitzende Vize mit ihren spitzen und Bewerberinnen infrage stellenden Beiträgen aber unerträglich wäre. Schlimmer ist fast noch die Vorstellung, dass solche Leute Lehrerinnen ausbilden, die wiederum unsere Kinder... Hier kann ich direkt im Gespräch sagen, dass es inhaltlich nicht passt. Ich bin raus, welche Erleichterung. Und mir fällt der Gesichtsausdruck der jungen Frau ein, die vorhin aus dem Fahrstuhl und wohl aus diesem Gesprächssetting kam, völlig erschöpft.

Diesmal ist es also anders. Eine neue Arbeit mit mutmaßlich menschlichem Vorgesetzten könnte greifbar werden. Habe Angst, dass sie mir entgleitet, ich nicht überzeuge oder schlimmer, ich mich im Vorgesetzten getäuscht habe. Früher war das nicht so ein Thema. Schienen die Personen in Ordnung, passte es für mich. Jetzt spüre ich sehr genau hin. Die Menschen sind wichtiger als die Aufgabe und das Gehalt geworden. Vor dem Gespräch versuche ich, meine Erwartung runter zu regulieren. Ja, er ist Musiker und scheint für vieles auch für Soziales engagiert. Vielleicht ist er aber auch einer dieser konservativen Typen. Oder dann doch so ein überkorrekt Sachlicher mit Null Toleranz für das Menschliche. Das würde ja dann überhaupt nicht passen.

Das Gespräch beginnt. Offen, interessant, ein guter Austausch, in dem ich mich wohlfühle. Bei mir ist es Liebe auf den ersten Blick, arbeitsbezogen natürlich. Ein gutes Gefühl, dass es so was gibt, dass so was möglich ist nach all dem Üblen. Und schrecklich zugleich. Was wenn es nicht klappt, was wenn er nicht mit mir zusammen arbeiten will, wenn andere besser geeignet erscheinen, wieder. Das wäre eine große Enttäuschung. Würde ich dieses Kapitel hier dann wohl streichen? Nach dem Gespräch räume ich den Desktop auf und lösche einen Screenshot mit der Einladung für das Gespräch. Ich hatte ihn abgespeichert, um im Zweifelsfall belegen zu können, dass ich zur richtigen Zeit im Online-Meetingroom war. Das kommt mir jetzt absurd vor. Irgendetwas ist wohl doch zurückgeblieben aus der Zeit in der ständigen Defensive gegenüber Angriffen einer Übermacht. Wenigstens bin ich damit nicht allein.

Die Leute bekommen jetzt schneller Angst als früher, fühlen sich ausgeliefert. Die Therapeuten und Coaches hatten es bestätigt, sie können sich vor Nachfrage kaum retten und es wird immer mehr. Ein Zeitalter totaler Verunsicherung ist eingeläutet worden. Viren, die töten können, Kriege von Staaten oder Terroristen, die ebenfalls töten können, und jetzt noch Naturgewalten, die weniger töten, aber doch viel zerstören. Bedrohung, beraubt werden, etwas weggenommen bekommen, verlieren, Verlust erleiden müssen, um Hab und Gut gebracht werden und um die Gesundheit, um Wohlstand betrogen werden sind die Befürchtungen unserer Zeit. Sie sind schwer zu ertragen und sie sind gefährlich.

Die Ängste sind Ansatzpunkte für Manipulation. Sie funktionieren als Rezeptoren, an denen Parolen andocken, mit denen sich Anheizer die Macht über das Volk verschaffen wollen. Zeiten und Zustände der Angst sind heikel, sie schwächen das eigene Rückgrat und machen anfällig dafür, sich woanders anzulehnen und vermeintlich Starken die Kontrolle zu übertragen. Wer behauptet die Komplexität zu beherrschen oder sie plausibel negiert, hat gute Karten in solchen Zeiten. Die Europawahlen stehen vor der Tür und die Meinungsumfragen spiegeln genau das.

Im Myzel des Schreckens

Der alte Mann, fast hundertjährig, weint. Er hat die Fassung verloren, es ist zu viel für ihn. Seit Jahren erzählt er von den Schrecken, die über ihn und seine Gruppe kamen, damit sie nie wieder geschehen. Die Zeit läuft ihm davon. Er wird älter, es werden immer weniger seiner Art und immer mehr, die vergessen haben und vergessen haben wollen. Mit einer Art Routine spricht er jeweils über die schlimmsten Gräuel, die ihm angetan wurden und mit denen seine Eltern und seine Familie umgebracht wurden. Er bringt eine kaum fassbare Leistung, von der andere profitieren könnten. Selten verliert er dabei die Fassung, doch das jetzt scheint zu viel für ihn. Die der anderen Seite drängen neuerdings auch auf die Bühne. Mit einer einfachen Entschuldigung für das unfassbar Grausame oder der Behauptung, nichts gewusst zu haben, wollen sie freigesprochen werden. Kurz bevor es mit ihnen zu Ende geht, wollen sie das noch schnell für sich klären, gut dagestanden sein. *Wo waren sie, als meine Familie durch den Ort getrieben wurde? Was haben sie getan als meine Eltern durch den Schornstein gingen?* sind die Fragen des fast Hundertjährigen. Damals wäre der Moment gewesen. Nicht jetzt, es ist schon lange zu spät dafür.

Für anderes ist es nicht zu spät, jetzt ist der Moment. Wo werden wir gestanden haben, die wir das Glück hatten, in Freiheit und Selbstbestimmung aufzuwachsen? Das Unfreie, Totalitäre war gerade noch rechtzeitig für uns durch das Demokratische ersetzt worden, welche ein Glück. Nein, kein Grund stolz zu sein, denn das gebietet sich für etwas, an dem man aktiv mitgewirkt hat. Geboren sein worden, irgendwo, ist kein Grund stolz auf sich zu sein. Das wäre Fremdstolz, eine Aneignung. Jetzt aber gäbe es genug zu tun, auf das man stolz werden könnte. Damals wurde das Totalitäre abgelöst, aber nicht getilgt. Abgetaucht unter die Oberfläche der Demokratie war es lange nicht mehr greifbar und konnte sein Myzel im Verborgenen ausbreiten. Ab und zu kam etwas davon an die Oberfläche wie ein Pilz, an dem man das Weiterwirken hätte erkennen können. Hat man aber nicht. Man leugnete das Geflecht und sprach vom Einzelpilz. Auf die Suche ging man schon gleich gar nicht.

Nun sind sie zurück, ganz offen und machen sich auch überirdisch mit unterirdischen Slogans breit. Und das gefällt. Das Totalitäre, Veraltetgeglaubte kommt an. Die alten Narrative sind weniger kompliziert, verlangen dem oder der einzelnen auch nicht so viel ab. Es ist ziemlich gemütlich. Die Freiheit mit all den lästigen Ansprüchen, sie zu gestalten, scheint nicht mehr so attraktiv. Die Königsdisziplin des Totalitären ist, alte begrenzende Rollenbilder so attraktiv erscheinen zu lassen, dass sie freiwillig gewählt werden. Rollenbilder und Drehbücher dafür finden Absatz, werden internalisiert und die Freiheit wird abgewählt. Wenn man ehrlich ist, ist es in der alles-ist-möglich-und-du-kannst-dich-und-deine eigene-Welt-frei-gestalten-Blase auch nicht anders. Auch dort wird vor allem gefolgt. Die freie Meute wählt die Freiheit ab und stürmt dafür sogar ihre Bastille.

Man solle nicht verurteilen und stattdessen mit den Leuten ins Gespräch gehen, heißt es. Schuldzuweisungen brächten nichts, man könne den Leuten ihre Meinung nicht vorschreiben und das sei eben die Demokratie. Man habe die Leute wohl nicht abholen können, Beleidigungen und Abwertungen seien unangebracht. Ja, sicher, aber wie blöd kann man eigentlich sein!

Hoffnungsentzug

Die kurze Pause am Strand auf der Rennrunde entfällt. Den Strand gibt es nicht mehr. Wo Freitag früh noch ein kurzer Spaziergang am Flussufer möglich war, ist heute am Montagmorgen Wasser. Der Strom hat eine der Sitzbänke am Strand untergehen lassen und umspült die andere, um die ein Schwanenpaar mit fünf grauen, mutmaßlich sehr flauschig-weichen Küken herumschwimmt. Eine kurze Regenpause hat den Lauf möglich gemacht. Es ist anstrengend, ein Schneckenslalom. Überall auf den Wegen sind sie unterwegs, vor allem rote Nacktschnecken. Bei genauem Hinschauen sieht man auch solche mit Haus, sehr klein am Wegrand auf den Grashalmen. Auf einem kleinen Fleck Grasstreifen neben dem Feld sind Dutzende. Die Kleinstschnecken sitzen oben auf den Halmen, wärmen ihre Fühler in der Morgensonne und wiegen sich mit dem Gras leicht hin und her. Es müssen Millionen sein, allein hier in dieser Gegend. So friedlich hier, das muss man sich bewahren, dafür muss man sich in Sicherheit bringen.

Irgendwann hatte ich aufgehört, das Zeug der Gegenseite zu lesen. Erst konnte ich die Unwahrheiten nicht mehr ertragen, dieses Aufgezwungen bekommen einer erlogenen Geschichte, die über mich geschrieben wurde. Um die Wahrheit und deren Findung ging es schon lange nicht, war es auch nie gegangen. Es war darum gegangen, wer die Erzählung dominiert. Und das war eine Frage der Macht. Wer die Macht hat, erzählt die Geschichte und bestimmt, was wahr ist und was erinnert wird. Das schafft Fakten, notfalls alternative, wenn die anderen nicht gefallen, weil sie die Macht in ungünstigem Licht zeigen würden.

Das wäre wohl der Preis gewesen, um bleiben zu können. Ja sagen zu einer Geschichte über mich, die von anderen bestimmt wird und die mir nicht gerecht wird. Mit dieser Geschichte hätte ich dann leben müssen und sie in die meines Lebens und mein Bild von mir aufnehmen. Aus der Abhängigkeit einer Arbeitsbeziehung, dem Ausgeliefertsein und den

Entscheidungen anderer würde eine umfassende Ohnmachtserfahrung. Das war ausgeschlossen für mich, absolut inakzeptabel. Diesen Weg gehe ich nicht mit. Aus dem Arbeitsleben greifen Leute in das Persönliche über, verletzen Grenzen, um sich über das Leben und die Menschen zu ermächtigen. Hier steht mehr auf dem Spiel als die Stelle und das Gehalt. Dem Nachzugeben, sich in diese Schablone einpassen, bedeutet Selbstaufgabe.

In den Fabrikationshallen der Industrialisierung wurden Körper und Lebenszeit der Menschen direkt kontrolliert und an vielen Orten der Welt ist das auch heute nicht anders. Bei uns wurde das mit der Zeit abgeschafft, durch vorbildliche Unternehmer und durch Widerstand. Verschwunden sind Allmachtsfantasien und Übergriffigkeiten aber nicht. Jetzt sollen Denken und Werte kontrolliert werden, was letztlich auch wieder Körper und Lebenszeit einschließt. Manche Organisationen verpacken es bunt und richten allumfassende Spielplätze für die Leute ein, um sie in vorgeblich freundschaftlicher Umarmung im Würgegriff der Arbeitsfamilie zu fixieren. Andere gehen ganz direkt vor und fordern totale Verfügbarkeit oder eben das Mittragen verlogener Narrative und Demutsgesten ein.

Sobald klar ist, dass man diesen Weg nicht gehen wird, machte es keinen Sinn mehr, sich mit den Drehbuchentwürfen und Rollenzuschreibungen der Organisation zu beschäftigen. Ich hörte also auf, das Zeug zu lesen. Keine Schlussberichte sogenannter Analysen mehr, keine Emails zu meiner Ermahnung, keine Termine mehr zur Darlegung der von mir zu erfüllenden Rolle und meiner Disziplinierung diesbezüglich. Zu diesen Dingen hatte ich mich nie bereit erklärt. Ich hatte einen Arbeitsvertrag, Arbeit gegen Geld. Compliance und Respektrichtlinien fabulierten Regeln für die Zusammenarbeit – im krassen Gegensatz zu dem, was in Wahrheit dort vor sich ging. Diesen Gap unausgesprochen zu lassen und einfach zu akzeptieren, war nicht das meine. Auch die späteren Darstellungen im Beschwerdeverfahren las ich nicht mehr. Stattdessen hielt ich mich an die Texte meiner Anwältin und von Tag zu Tag ging es mir besser. Eure Geschichte glaubt ihr doch selber nicht. Ein Phänomen des Menschen ist, dass er sich im Großen wie im Kleinen über sich selber hinwegtäuscht.

Man erzählt sich geschönte Geschichten über sich selbst und die Umstände, solange es irgendwie möglich ist. Die schrägsten Erklärungen kommen dabei heraus. Wenn immer mehr, was nicht zur Story passt, über zusätzliche Erklärungen sich selber und anderen plausibel gemacht werden muss, kommen abstruse Dinge heraus. Das ist dem Verschwörungstheoretisieren vom Prinzip sehr her ähnlich und wird dennoch viel praktiziert.

Irgendwann war also die Bereitschaft weg, mich diesen Geschichten auszusetzen und mich der Hexenverbrennung zur Befriedigung anderer demütig auszusetzen. Mit der Erkenntnis, dass es hier um Machtgefüge, Hierarchien und alles mögliche andere außer der Sache selbst ging, war auch die Hoffnung auf eine gute Entwicklung abhanden gekommen. Die Hoffnung stirbt zuletzt, heißt es, und sie war also weg. Vermutlich war sie tatsächlich gestorben und mit ihr auch Wunsch und Wille auf eine gute Wendung. Und es machte nichts, es machte mir nichts aus. Es war egal und die Gleichgültigkeit war erholsam.

Dass die Hoffnung zuletzt stirbt, stimmt allerdings nicht, es kommt etwas danach, allerdings etwas ganz anderes. Mit dem Abgang von Hoffnung und den mit in den Tod gerissenen Wünschen und dem Wollen ist erst mal alles weg, oder zumindest einiges. Oft ist das sehr viel, wenn einem die Sache etwas wert war und durch das immer stärkere Bemühen für eine positive Wendung noch zunehmend Raum und Zeit eingenommen hatte. Durch den Tod ist dann erst mal viel Leere. Dann wird Leere zu Platz, zu Freiraum. Und es kommt wieder etwas. Die gestorbene Hoffnung räumt ihren Platz, die Enttäuschung öffnet den Blick auf Neues, auf vorher Ungesehenes und Undenkbares.

Musik aus der Jugend soll helfen. Mein Therapeut hatte mir den Tipp gegeben und auf eine Studie verwiesen. Alte Leute versuchsweise in das Setting ihrer Jugend versetzt mit Musik und Originaleinrichtung erlebten das als Jungbrunnen. Sie konnten teils wieder ohne ihren Gehstock laufen. Zwar gehe ich noch nicht am Stock, probiere das mit der Musik aber trotzdem aus. Bei früheren Klassentreffen hatte ich erlebt, dass mir das per Musik zurückversetzt werden weniger guttat. Das lag aber vielleicht eher an dem Schulsetting. Nach ein paar Stunden 80er Musik bekam ich dann jeweils Beklemmung, hatte das Gefühl für immer in der Zeit festgenagelt zu werden und uralt zu sein. Jetzt wirkt es aber positiv: 80er an, düstere Stimmung aus. Eine Zeitreise in die Lebensphase, in der viel Hoffnung war oder besser die Vorstellung, dass in der Zukunft alles möglich wäre. Das Gefühl lässt sich tatsächlich reaktivieren, obwohl rein rechnerisch nun in der Mitte des Lebens und mit den eingeschlagenen Lebenswegen nicht mehr alles möglich ist. Aber in Wirklichkeit war es das damals ja auch nicht.

Vom sich verpflichten und vom es bleiben lassen

Irgendwann in dieser Geschichte gab es den Moment, an dem ich keine Verpflichtungen mehr wahrnehmen konnte. Weder konnte ich Gespräche führen, noch irgendwo hingehen, noch irgendetwas tun, nicht mal mehr über etwas nachdenken. Ich existierte aber weiter. Da mir Krankheit attestiert worden war, musste ich auch nichts, zum Glück. Ich mag mir nicht vorstellen, was aus jemandem in diesem Zustand aber ohne Attest wird. Man kann einfach nicht, ohne dass man wirklich erklären könnte, worin dieses Nichtkönnen besteht, nicht mal rückwirkend. Es geht einfach nicht. Und dann ist man darauf angewiesen, davon abhängig, dass das von jemandem erkannt und bescheinigt wird, der dazu autorisiert ist. Ein Arzt zum Beispiel. Für diesen Fall kommt man dann in eine Kategorie, in der man Behandlung und Schonung durch die Gesellschaft erfährt, die man auch so dringend braucht, in der Hoffnung darauf, aber völlig ohne Gewähr, dass man vollständig regeneriert und irgendwann wieder mitmachen kann.

Ärzte und Therapeuten, Coachs und Mediatorinnen wissen das und sind darauf spezialisiert, genauso wie Leute in zuständigen Behörden, zumindest hierzulande. So habe ich es erlebt. Es braucht Schonraum- und -zeit, in der Konflikte und Bedrohung vorbei sind, in denen Ruhe und Frieden herrschen und man sich für eine längere Zeit keine Sorgen um die Lebensgrundlage machen muss. In diesen Raum in dieser Zeit einzudringen, richtet Schaden an und genau deshalb tat es die Organisation, bei der ich gearbeitet hatte. Gewaltsam wie zuvor auch versuchte man, die Schonung zu durchbrechen und störte die Genesung. Sehr schnell, viel früher als sonst in solchen Fällen, kamen Nachrichten und Aufforderungen, mich zurückzumelden, sobald ich wieder fit sei.

War ich aber nicht und wurde ich auch nicht, denn es handelte sich nicht um ein Sich-nicht-ganz-fit-fühlen, nicht um eine leichte Unpässlichkeit. Man kann nichts mehr leisten, sich nicht konzentrieren, Gesprächen nicht folgen, nicht mehr denken und sich nicht äußern. Zu meinem früheren Leben hätte der Kontrast nicht größer sein können. Vor nicht allzu langer Zeit war es mir noch möglich gewesen, viele Projekte parallel zu managen und Vorträge vor hunderten von Leuten zu halten. Jetzt überforderten mich komplexe Situationen und eine komplexe Situation war eine unaufgeräumte Küche oder ein Supermarkt, in dem ich sieben Dinge geplant hatte, zu kaufen. Dazu war ich nicht mehr imstande, nichts ging mehr. In der Steppe wäre ich dahin gewesen. Und in diesem Zustand wurde ich zu Gesprächen vorgeladen – und ja, so nannte man das – an deren konfrontativ-disziplinarischem Charakter kein Zweifel gelassen wurde. Ich ging nicht hin, ich meldete mich nicht fit zurück, ich kontaktierte eine Anwältin.

Eine ganze Zeit später auf der Suche nach neuer Arbeit bekam ich einen Anruf, noch im Krankenstand. Ob ich Interesse an einer Stelle als Geschäftsführerin hätte, in einem meiner aktuellen Anstellung benachbarten Bereich außerhalb meiner Organisation. Man suche jemand, um die Verantwortung zu übernehmen und das Geschäft auszuweiten. Ob ich mich in den Bewerbungsprozess einbringen wolle. Wollte ich nicht. Ja, früher hätte mich Verantwortung gelockt. Wenn es galt Verantwortung zu übernehmen, hatte ich diese Verpflichtungen nur zu gerne übernommen, doch das ist jetzt vorbei. Gesucht, diejenige, welche sich blöderweise und sehenden Auges für die Aufgabe des umfassenden Schuldübernehmens hergibt. Danke, ein bisschen was habe ich aus den üblen Erfahrungen gelernt, ohne mich. Dass bekanntermaßen weder Geschäftsmodell noch Service an diesem Ort funktionierten, der Vorgänger auf diesem Posten stark angefeindet worden war und einer der Hauptverantwortlichen für die Misere, die ich erlebt hatte, im Vorstand diese Geschäftsführerin kontrollieren würde, machte die Absage umso einfacher.

Gestörte Mustererkennung

Drei Uhr nachts wenige Tage vor der Sommersonnenwende ist es nicht tief dunkel wie sonst in der Nacht. Der Himmel ist mehr dunkelanthrazit als schwarz und eine ganz leichte Dämmerung ist schon erkennbar. Es reicht aber, um Sterne funkeln zu sehen. Die Sternbilder passen weiterhin nicht zu den Figuren, die in sie hineininterpretiert und nach denen sie benannt wurden. Aber das ist, ebenso weiterhin, egal.

Die Analysen beim Personalberater, der mir helfen soll, wieder in das Arbeitsleben einzusteigen, haben als eine Stärke die Fähigkeit Zusammenhänge und komplexe Muster zu erkennen, ergeben. Das stimmt, sie sind überall die Muster, komplexe und weniger komplexe. Allein, es hilft nichts, sie zu erkennen. Weder für die komplexen noch für die einfachen, offensichtlichen Zusammenhänge und Muster ist allgemein ein Interesse vorhanden. Zum Beispiel für die Verhaltensmuster und so können Vorgesetzte jahrelang terrorisieren, Leute zur Kündigung bringen und systematisch Steuergelder versenken. Ganz offen tun sie das und niemanden interessiert es. Und auch das ist ein Muster. Ganz systematisch interessiert man sich nicht dafür, und auch dieser Zusammenhang ist offensichtlich.

Man interessiert sich nicht dafür, weil man genauso agiert und dies schon lange tut und auch weiterhin so tun möchte. Ebenfalls unpopulär ist das Erkennen von Mustern und Zusammenhängen in allen möglichen

Fragen von Umwelt, Gesundheit, Gesellschaft und so weiter. Und auch das systematische Nicht-Erkennen ist ein Muster, das nicht gesehen werden soll. Das Ausblenden und Wegargumentieren ist ein Muster, aber die Welt, die Natur, das Universum diskutieren nicht mit uns. Sie funktionieren einfach irgendwie und lassen sich nicht überreden oder überlisten. Wir sind die Kleinteile im großen Ganzen und nicht die am Regler, mit dem wir glauben, Erdtemperaturen nach unserem Belieben feinjustieren zu können. Wenn wir nun doch noch handeln würden, könnte der Temperaturanstieg auf soundsoviel Grad begrenzt werden. Da wir über Jahrzehnte nicht gehandelt haben, wären jetzt zwar nur noch soundsoviel Grad Begrenzung möglich. Aber diese sollten wir nun realisieren. Wir sind nicht die Meister der Heizung, nur die Anheizer. Das Thermostat, mit dem sich regeln lässt, ist Teil der Allmachtsfantasien und existiert nur in Köpfen. Art und Ausmaß der Veränderungen werden andernorts geregelt und das wird dann ungemütlich und zwar für alle, nicht nur für die Ökos und Naturromantiker.

Das Erkennen von Mustern und Zusammenhängen, wo keine sind, wird als Apophänie bezeichnet und als Symptom im Zusammenhang mit psychischen Erkrankungen gesehen. Sind die Sternbilder apophänische Konstrukte? Und sind die angeblichen Zusammenhänge zwischen dem, was einem passiert, und dem was man vom Universum für seine Entwicklung braucht pathologischen Ursprungs? Und was ist mit der Vorstellung, wir könnten die Erhöhung der Erdtemperatur noch kurzfristig regulieren und das für uns Bedrohlichste verhindern? Das, nachdem man überaus beharrlich über viele Jahrzehnte die Zusammenhänge nicht hatte erkennen wollen und eigentlich immer noch nicht will. Was ist mit dem sehr einfachen Zusammenhang, dass verbrauchte Dinge nicht mehr da sind und also nicht mehr zur Verfügung stehen. Was ist mit den gut belegten Zusammenhängen zwischen Ausstoß gewisser Substanzen und deren Wirkung in der Atmosphäre. Ob es auch ein Krankheitsbild für das Nicht-Erkennen vorhandener Zusammenhänge und Muster gibt?

Gottes Feedback

Wieder war das Geräusch von Regen, das Tropfen und Fließen von Wasser das erste beim Aufwachen. Es regnet, immer noch, seit Wochen jetzt. Land unter, Fluss über. Unser Kater will mehrmals pro Nacht ins Haus gelassen und abgetrocknet werden, dann ein kurzer Snack und los geht es wieder raus auf die Brache hinter dem Haus. Mehrmals pro Nacht muss man also aufstehen, Tür auf, Tier rein, Fell abtrocknen. Man macht's ja gerne, mit uns kann er es ja machen. Dafür hat er ein feines Gespür. Hatte er ja auch damals, als er hier wohnen blieb, derweil seine Familie ans andere Ende vom Ort zog. Wir waren anfangs nur etwas begriffsstutzig. Zigmal musste er den Weg zurück in sein altes, unser neues Zuhause zu Fuss beziehungsweise zu Pfote zurücklegen und wurde von seinem früheren Personal Abend für Abend abgeholt, bis wir kapitulierten. Seine Menschenkenntnis ist außerordentlich. Von ihm wurde meine Qualifikation für diesen Job erkannt, er war sofort bereit, mich zu übernehmen. Vielleicht stand aber auch noch eine ganz andere Überlegung dahinter. Wo vorher drei Menschen drei Katern dienten, hatte er von nun an zwei Menschen für sich alleine.

Der Himmel hat seine Schleusen geöffnet, auch dieser Ausdruck wird spürbar. Und er scheint sie nicht wieder schließen zu wollen. In den Netzwerken, in denen Leute ihre Meinung posten und andere diese kommentieren oder mit Smileys und Herzchen versehen, greift man das auf und bringt es in Zusammenhang mit kürzlichen Demonstrationen gegen Maßnahmen, die den Klimawandel adressieren sollen.

Man ist gegen die Maßnahmen, viele sind dagegen. Sie fürchten um ihre Existenz oder behaupten das zumindest. Andere hängen sich daran und unterstützen diese nun ehrenwerten Proteste rechtschaffener Leute, die unsere Ernährung und Wirtschaftsgrundlage zu sichern, für sich beanspruchen. Andere, die gewählt werden wollen, erklären, diese Richtung auch als Volksvertreter zu verfolgen und wenden sich gegen einen mühsam, nach Jahrzehnten und damit viel zu spät eingeleiteten Wandel. Je lauter, vehementer und aggressiver, desto besser. Als ließe sich die Natur, ein riesiges System der Erde aus gigantischen Wassermassen, Landflächen und Zirkulationssystemen durch unser Recht des Stärkeren beeinflussen.

Unbeeindruckt von all dem läuft nun ab, was absehbar war. Hitze trocknet das Land aus, große Wassermassen fluten es, Hänge kommen ins Rutschen, Schnee bleibt aus oder fällt in Massen und lawint in die Täler, Stürme verwüsten die Wälder und der Mensch protestiert – obwohl er angefangen hat mit der Auseinandersetzung. Er hat sich die Erde untertan gemacht, gerodet, begradigt und verbrannt und tut das weiterhin. Die Erde hat reagiert, mit Temperaturerhöhung und allem möglichen anderen. Nicht aus Protest, das ist nicht ihr Stil, aber sie kann auch nicht weiter wie bisher. Sie wurde gewaltsam verändert und ist nun nicht mehr die, die sie mal war. Entweder leben wir nun auf dieser oder wir lassen es bleiben, das Leben.

Die Erde verändert sich sowieso und immer, halten uns diejenigen vor, welche die Verantwortung des Menschen immer noch nicht sehen wollen. Das stimmt tatsächlich und die Erde wird sich immer weiter verändern, was beruhigend ist. Alles ist im Wandel und nicht unter unserer Kontrolle. Es geht nur etwas schnell, gerade zu schnell und der Mensch kann sich nicht anpassen. Die Grundlage für unser Leben, wie wir es uns eingerichtet haben, verändert sich, verschwindet, weil wir es zugelassen haben oder nicht glauben wollten oder nicht so wichtig fanden. Und nun hat man das Gefühl, man sollte kämpfen, protestieren. Wenn man nur ganz fest daran glaubt, dann sind die Dinge ganz anders. Der Glaube versetzt Berge, mit ihm lässt sich alles durchstehen, Allmachtsfantasien.

Was wenn der Regen, der nicht endet, das Feedback Gottes ist, im Sinne der regelmäßigen Mitarbeitendenbeurteilung. Habt ihr es immer noch nicht verstanden, setzen, sechs. Aufhören, sich etwas vorzumachen, seine Grenzen erkennen und die der anderen respektieren lernen, das wäre doch mal was. Diese Erde war nicht nur für Mensch gedacht. Das Untertan-machen hat sich nicht bewährt.

Fake it til you make it, du kannst alles schaffen, hast du gedacht. Hat er mir ja auch gesagt, der Therapeut. Ein aus dem Neoliberalismus stammendes Narrativ, das völlig vermessen ist und darüber hinaus nicht hilfreich. Denn manchmal hat man im Leben Glück und manchmal nicht - hatte ich ihm geantwortet. Er schien etwas ärgerlich. Ich hatte womöglich eine Grundüberzeugung angegriffen, die er aufgebaut hat, um seine Arbeit tun zu können. Eine schwierige Arbeit, Menschen in schlimmen Situationen und Krisen Halt geben und Hoffnung vermitteln. Da braucht es eine Philosophie, die in allen Situationen des Lebens hilf. Im Prinzip ist das verständlich und man kann froh sein, dass es solche Menschen gibt, natürlich keine Frage. Aber manche Erklärungen ersetzen ein Problem nur durch ein anderes und greifen zu kurz. Du kannst alles schaffen und wenn du es nicht geschafft hast, dann hat eben d u es nicht geschafft und dir ist nicht zu helfen. Was dir im Leben geschieht, hast du selber angezogen, damit deine Seele wachsen kann. Ob ich mich als Opfer fühlen würde, will der Therapeut wissen.

Seine Frage fügt sich in ein Gespräch mit dem Tenor des für-alles-selber-verantwortlich-Seins. Der Art wie er die Frage stellt, entnehme ich, dass ich mich mit meinem Ja endgültig für den Therapieansatz disqualifiziere. Was ist nun vorgesehen für den Fall, dass einem etwas widerfährt, wenn und obwohl man sich den Regeln entsprechend verhalten hat. Und die andere Seite hat dies nicht getan und einem bewusst und mutwillig geschadet, wenn man also ein Opfer geworden ist. Dann hat man wirklich Pech gehabt, denn Opfersein ist total out.

Es ist der unaussprechliche Zustand geworden. Die Rolle, für die unterstellt wird, man hätte sie sich angezogen wie ein Kostüm. Opfer sein wollen, um sich in Leid zu baden und mit simulierter Hilflosigkeit Unterstützung herbeizumanipulieren. Wer sich als Opfer zu erkennen gibt, hat doppelt verloren. Es ist einem Übles widerfahren, angetan worden und man wird dafür auch noch geächtet. Wer Opfer wird, hat es nicht geschafft, zu bestehen. Schwächer gewesen zu sein, ist verachtenswert und so auch die, die so weit unten sind, dass sie sich als

Opfer zu erkennen geben und nicht die Größe haben, allein und im Stillen damit umzugehen. Mit solchen Leuten will man sich nicht identifizieren, denn dann könnte einem Ähnliches passieren. Nicht zu nahe drankommen und sich anstecken.

Weil die Rolle so dermaßen verachtenswert ist, kann es zudem nicht sein, dass das Opfer nicht eigentlich Schuld an der Situation hat.

> *Die ist ja auch komisch.*

> *Er hat es halt übertrieben, etwas anpassen muss man sich schon.*

> *Wenn man mit so kurzem Rock rumläuft, sie hat es provoziert.*

> *Er hat die Situation ja gewählt.*

> *Warum ist sie nicht gegangen?*

> *So schlimm war es nun auch nicht.*

Sei bloß kein Opfer. Und wenn du eines warst, was dann? Womöglich ist die Rolle fix, aus der kommt man nie mehr heraus, sie wird zur Identität, die einem zugeschrieben wird. Du Opfer! In Therapie bin ich nicht mehr, schon länger nicht mehr. Dafür muss man stabil sein. Und irgendwann ist ja dann auch mal alles gesagt. Nie in meinem Leben habe ich so viel über mich geredet. Ich beschließe, selbst und direkt Kontakt zum Universum aufzunehmen und die Dinge zu klären.

Frieden finden und Frieden schaffen

Es regnet schon wieder. Gewitter rollen dumpf grollend über das Land, ein Dauergrollen. So habe ich das noch nie gehört und eigentlich wäre jetzt Sommer. Habe ich mir etwas vorgemacht, wenn ja, was und wann und vor allem warum? War ich immer ehrlich zu mir? Habe ich irgendwo die falsche Abzweigung genommen, die eigentlich nicht zu mir passt? Was mache ich hier und wie kam ich in diese gefühlte Fremde? Die Entfremdung kommt nicht von ungefähr. Region, Mentalität, Arbeitsleben, nichts passt zu mir. Wieso habe ich geglaubt, hier sein und so leben zu wollen? Worin besteht der Fake, die Täuschung, was wäre das Wahre gewesen? Kann ich es mir überhaupt leisten, das für mich Wahre und Richtige? Habe ich die Wahl? Hatte ich die Wahl? Ist es jetzt zu spät, was geht noch, was ginge noch? Was wäre möglich und wie?

Lässt sich das Leben nochmal wie ein freies Feld denken, auf dem man pflanzen und wachsen lassen kann, was man möchte? Hat und hätte es das überhaupt schon mal gegeben. Eigentlich hat es noch nie so ausgesehen, aber vielleicht nur deshalb nicht, weil es mir an Vorstellungskraft fehlte. Furchtbar, der Gedanke, das Leben vielleicht deswegen nicht zum eigenen gemacht zu haben, weil man nur nicht auf die Idee kam. Habe ich Lebenszeit verschwendet? Ist das Leben ein Acker, auf dem man heute Salat und morgen etwas anderes pflanzen kann? Vielleicht gibt es das nicht. Weder kommt man als unbeschriebenes Blatt hierher, noch ist in jedem Leben alles beliebig möglich. Mir dämmert, dass ich im Begriff bin, in eine Luxus-Panikzone abzugleiten.

Die Frage nach dem möglicherweise nicht optimal selbstverwirklichten Leben als existenzielle Not zu erleben, geht zu weit. Ist auch nicht zielführend. Raus aus der Komfortzone, wenn man sich entwickeln will, aber nicht in die Panikzone, denn dort ist kein Lernen mehr möglich, heißt es.

Ein leises Geräusch, etwas wie ein leichtes Schnarchen oder Atmen. Es kommt aus dem Lavendel. Ein Igel schläft dort eingerollt. Seit kurzem sind ein bis zwei im Garten unterwegs, futtern, schnaufen, schlafen. Neu sind auch die Eidechsen. Schnecken gab es schon anfangs, aber es sind mehr geworden und Insekten auch. Amseln nisten neuerdings auch hier, zusätzlich zu den Spatzen, die von jeher und lange vor uns das Haus besetzen. Es sind deutlich mehr Bewohner, seit der Rasen zur Wiese geworden ist, die Sträucher weniger geschnitten und die Beete nicht mehr so aufgeräumt sind. Und seitdem in der Nachbarschaft eine alte Brachflächen bebaut wurden. Mit weniger Kultivierung und mehr Natur sein lassen ist Lebensraum entstanden für neue Bewohner und wahrscheinlich für einige Heimatvertriebene.

Man kann etwas tun, ziemlich einfach und unkompliziert. Nicht nur im Garten und für Igel und Insekten. Man kann anders essen, einkaufen, unterwegs sein und wählen. Für Ruhe und Frieden sorgen in sich und um sich herum. Man kann aufhören, sich selbst und das Leben optimieren zu wollen, weder sich neu erfinden, noch das wahre Ich suchen und freilegen. Womöglich ist da nämlich nix. Man kann sich stattdessen einsortieren in das große Ganze, seine Ressourcen und Möglichkeiten erkennen und nutzen. Man kann ein sinniges Leben nach den gegebenen Möglichkeiten und dem, was sich eventuell entwickeln lässt, führen. Und ansonsten soll man dies auch und vor allem anderen Lebenden zugestehen. Ich habe ein Fazit nach den Erfahrungen der letzten Jahre, wenn es denn eines gibt, denn alles scheint mehr denn je im Fluss, also vielleicht ein Zwischenfazit. Mit klarer Vorstellung und festem Vorsatz auf das gewünschte Leben hinwirken, traf auf Unwägbarkeiten, die den Lauf in unerwartete Richtungen umlenkten. Das Leben zeigt einem die lange Nase, wenn man meint, in control zu sein. Tiefer spüren und breiter schauen, ja, und dabei im Fluss des Lebens bleiben, die Stromschnellen nicht dramatisieren. Sie gehören dazu, umfließen wenn möglich. Beweglich bleiben und sich bewusst sein, ein Tropfen im Zeitozean der Generationen und dem riesigen Ganzen zu sein. Etwas mehr *Inshallah*.

Ins Grauen steuern

Es regnet. Große Mengen Wasser kommen runter. In der Nacht wird man von Rauschen geweckt. Es ist so laut, als würde das Wasser für eine riesige Badewanne aufgedreht und die läuft nun voll. Kein Regen wie früher ein dauerhafter Landregen oder starke Schauer bei Gewitter ist das. Dauerhaft u n d stark kommen die Wassermassen jetzt runter. Auf dem Dach vom Anbau steht das Wasser, selbst in dunkelster Nacht sieht man es glänzen. Die Welt wird wohl untergehen. Es ist wie einer Sintflut und vielleicht wäre jetzt auch die richtige Zeit dafür.

Europa hat gewählt und die Leute haben das Gefühl, Migranten wären unser Hauptproblem. Parteien, die das behaupten, hatten die größten Gewinne, Umweltparteien die größten Verluste. Anhand von lustig aufgemachten Videoschnipseln wird die politische Meinung gebildet, alles andere ist zu komplex und zu kompliziert zu verstehen. Wer will auch überhaupt noch verstehen. Man meint, man könnte die Komplexität abwählen. Wenn man nur fest genug daran glaubt, dann wird es schon so sein oder werden. Da ist sie wieder, die immer gleiche Allmachtsidee. Vielleicht ist das ein Gendefekt.

Mit der eigenen Vorstellung, Kraft einer Idee lassen sich Berge bewegen, Flüsse werden aufwärts fließen, wenn nur genug daran glauben. Die Berge lassen sich tatsächlich bewegen. Mit Temperaturerhöhung, auftauenden Gletschern und Wassermassen kommen die Hänge ins Rutschen und es gibt Bergstürze. Die Flüsse fließen allerdings immer noch bergab, mit zunehmendem Nachdruck, immer mehr und immer größer. Ob meine Top-Klimaangst vor Hitze und Trockenheit doch noch von der vor großen Wassermassen abgelöst wird? Wie wird sich das anfühlen, wenn ich viel älter bin, weniger beweglich und mich solchen Gefahren gegenüber noch schwächer fühlen werde?

Sollte man weiterhin das Gefühl haben, dass Ausländer unser größtes Problem sind, wäre womöglich auch keine helfende Pflegekraft für mich da, die ich natürlich hoffe, gar nicht zu brauchen. Von irgendwelchen Leuten mit rechter Gesinnung möchte ich nicht im Rollstuhl geschoben werden. Man könnte sonst eventuellen Pflegekräften ins Ausland hinterherziehen. Aber was, wenn sie dort ausländerfeindlich sind und uns nicht wollen? Wer will schon gebrechliche, demente Greise aus dem senilen Ausland. Die Idee ist wohl zu verwerfen. Ich entscheide mich, gesund zu bleiben und bis an mein Lebensende keine Pflege zu benötigen. Es heißt ja, man müsse nur fest genug daran glauben und sein Leben selbst gestalten, dann manifestiere es sich auch so. Das scheint mir eine praktikable Lösung. Ich werde wohl langsam mürbe, in der Mühle des Lebens zermahlen.

Langsam lässt der Regen nach, zumindest für den Moment. Der Kater kommt ins Haus, will abgetrocknet werden und ganz dringend sofort wieder raus, mitten in der Nacht. Hat wohl etwas zu erledigen. Besorgungen zu machen, fürchte ich für die anderen da draußen auf der Brache, die bei starkem Regen ihre Unterkünfte verlassen müssen. Fressen und gefressen werden. Aber diesmal habe ich mich getäuscht. Der Kater steht schon wieder vor der Tür und will rein, nach Art seines Volkes rein, raus, rein, raus. Und er will abgetrocknet werden, macht man ja gerne mitten in der Nacht. Er snackt kurz und will nochmal raus. Ich beschließe, wieder schlafen zu gehen, mit leichter Sorge über den Pegelstand vom Fluss da drüben. Bin nicht mehr sicher, ob mich der Regen geweckt hatte oder die Wahlergebnisse.

Am nächsten Morgen sieht die Welt anders aus. Der große Fluss ist zwar nur wenig gestiegen über Nacht, aber die kleinen Zuflüsse dafür umso mehr. Auf meiner Laufstrecke kann ich noch über die Brücke rennen, aber wer weiß wie lange noch. Auf einigen Feldern schwimmen jetzt Enten und Schwäne, es haben sich dort teils größere Seen gebildet. Eigentlich sieht es idyllisch aus. Die Ernte dürfte aber dahin sein.

Wenn nichts mehr passiert im Leben, weil man draußen ist aus Arbeit und Gesellschaft, fallen einem die kleinen Dinge immer stärker auf, die Veränderungen in der nächsten Umgebung in Nuancen und die Perspektive ändert sich. Das früher wenig Beachtete rückt in den Mittelpunkt. Man könnte das jetzt als Übung in Achtsamkeit verklären. Tatsächlich ist es das auch. Es bringt Ruhe und Klarheit und das ist auch erholsam, selbst wenn das Beobachtete nicht immer wohltuend und einfach zu ertragen ist. Mit der Ruhe passt sich der Fokus langsam dem an, was der Mensch zu verarbeiten in der Lage ist oder wäre.

Wir sind wohl kaum dafür gemacht, das ganze Globale ständig zu verfolgen und insbesondere nicht dafür, mit dem Schrecken aus aller Welt umzugehen und trotzdem unberührt weiterzuleben. Kriege,

Völkermord, Gräueltaten, Artensterben, Folter, Überschwemmungen, Hitzerekorde, Hungerkatastrophen, Regenwaldabholzung, Kriminalität, der ganze Untergang als Info.zip jeden Tag, nicht auszuhalten. Das schwächt, denn man fühlt sich machtlos. Man ist alleingelassen mit den Schreckensnachrichten ohne Vorschlag, was man dagegen tun könnte, wie man helfen könnte. Eine totale Überforderung, auf die manche mit totaler Realitätsflucht reagieren. Oder mit dem Verschieben des Fokus auf Fragen, die sie dann mit übersimplen Antworten zu lösen vorgeben. Wie man dorthin kommt, ist mir klar. Ich halte es aber für fatal im wahrsten Sinne des Wortes.

Der Fluss ist jetzt gut doppelt so breit wie noch vor wenigen Wochen. Am Strand hat jemand, seit ich Freitag das letzte Mal hier war, die schwere Holzbank aus dem Wasser geholt und an das neue Ufer gestellt. Es gibt noch Leute, die sich verantwortlich fühlen und kümmern. Heute, am Tag Nach der Wahl in Europa, fängt das große Rechnen an. Viele junge Leute haben Parteien gewählt, deren Zukunftspläne sich aus einer Vergangenheit bedienen, die furchtbares Grauen über Millionen und Generationen hinweg gebracht hatte. Das entsetzt. Demgegenüber haben die verloren, welche die großen Probleme der Umwelt und unserer Lebensgrundlagen angehen wollen. Jetzt fängt man an, herum zu rechnen.

Wenn man ein paar Parteien mit ähnlicher Ausrichtung zusammenkratzt, dann sähe es nicht mehr ganz so desaströs aus. Dann gäbe es mehr Zustimmung Jüngerer zu den Öko- und sozialen Parteien und das wäre doch ein Hoffnungsschimmer. Daran, dass viele Junge und Alte und solche dazwischen offenbar Ausländer als das Hauptproblem sehen, ändern die Rechenübungen allerdings nichts. Man wäre geneigt zu glauben oder vielleicht mehr zu hoffen, dass diese Wähler den Zusammenhang zwischen früher und heute oder die Konsequenzen dieser Haltung nicht kennen oder nicht verstehen. Aber so ist es nicht. Dass die extreme Position eine blutig-grausame und menschenverachtende Vergangenheit hat, wird von deren Wählern nicht geleugnet. Vier Fünftel von ihnen sagen, es sei ihnen egal, einfach egal.

Das Abstumpfen gegen Gewalt, das mutwillige Hinsteuern auf das Grauen dessen Bilder und Filme man bestens kennt, die Verrohung scheint weit fortgeschritten. In Gesellschaften, die jahrelange Kriege und Konflikte oder Unterdrückung und Elend erleben, wäre das nicht so verwunderlich. Aber hier, und jetzt? Was sind das für Leute, die womöglich beim Einkaufen neben einem in der Schlange stehen, einen bei Krankheit behandeln oder die Kinder in der Schule unterrichten. Vielleicht sollte man über einen Wesenstest nachdenken, zumindest für kritische Bereiche.

Später am Nachmittag sehe ich eine Meldung. In unserem Ort hatte es gestern spät abends eine Überschwemmung gegeben. Der Dorfbach war an einer Stelle innerhalb von kurzer Zeit von einem Meter auf fünfzig Meter Breite angewachsen. Die Feuerwehr musste Häuser mit Barrieren schützen und Keller auspumpen. Sie müssen recht leise gewesen sein, das Ganze hatte in unserer Straße etwa hundert Meter entfernt stattgefunden. Was so in unmittelbarer Nähe passieren kann, während man schläft. Der Klimawandel ist schon live vor Ort.

Vom gleich gültig sein lassen

Es gibt weiterhin keine Nachricht, weder zum Bewerbungsgespräch vor nun bald zwei Monaten, noch zu meiner Beschwerde mit Forderung nach Entschädigung beim alten Arbeitgeber. Eigentlich warte und hoffe ich aber am meisten auf eine Rückmeldung zu meinem Erstinterview mit dem netten Vorgesetzten vor einigen Tagen. Ein bisschen wie Warten auf den Anruf nach dem Date, der nicht kommt. Aktiv Warten ist sinnlos, alles was hilft, ist den Fokus auf das nächste und etwas anderes richten und sich idealerweise mit Positivem beschäftigen. Nicht ganz einfach in diesen Zeiten von Überschwemmungen, Attentaten, Kriegen und drohendem Radikalismus mit Geschichtswiederholungsgefahr.

Alles scheint in der Krise, die persönliche wird unbedeutend oder multipliziert sich mit denen der Umgebung und überfordert erst recht. Vielen geht es schlecht, sagten mir auch die Ärzte und Therapeuten. Dadurch geht es mir nicht besser, im Gegenteil. Rückzug ins Private funktioniert eine Weile, Verzicht auf Medien und Nachrichten. Verzicht auf Reflexion über das Vergangene. Distanz zur Welt, das Menschengemachte als die Skurrilität, die sie ist, sehen. Das hilft und scheint auch von anderen praktiziert zu werden. Es sind dann entweder Verschwörungstheoretiker, Gläubigste, Esoteriker, Erleuchtete oder Regisseure.

Ein dumpfer Schlag an die Fensterscheibe, der Greifvogel fliegt davon. Die Rollläden sind eigentlich immer etwas heruntergelassen, damit keine Vögel gegen die Scheiben fliegen. Dass ein Milan so dicht ans Haus kommt, gab es auch noch nie. Er scheint nicht verletzt, aber es tut mir leid. Ich schaue nach und sehe auf dem Boden vor dem Fenster eine halbe Maus, die hat er wohl verloren. Mir wird übel. Opfer, Täter, Jäger, Beute, fair, unfair, gleichgestellt oder übervorteilt. Man weiß es nicht. Sicher scheint nur mal wieder, Maus sein ist übel.

Wieder einige Tage später gibt es immer noch keine Nachricht vom Bewerbungsgespräch. An sich weder erstaunlich, noch sollte es beunruhigen. Man hatte gesagt, dass man in 10 Tagen Bescheid geben würden, ob ich zu einem zweiten Gespräch eingeladen würde. In schwierigen Zeiten verändert sich mit der Zeit einiges in der Wahrnehmung. Manches sehr schnell, so dass es einem währenddessen direkt bewusst wird, und manches fällt nach einiger Zeit im Rückblick auf. Dass die Gleichgültigkeit für vieles zunimmt, ist eher ein langsamer Prozess. Dass mir jede Bewerbung gleichgültiger war als die vorangegangene, spürte ich erst nach einiger Zeit. Die Gleichgültigkeit war hilfreich. Ansonsten sind die laufenden Enttäuschungen auch kaum auszuhalten. Vermutlich ist das eine Bewältigungsstrategie, die man sich nicht ausgesucht hat, sondern die von irgendetwas in einem zur Verfügung gestellt wird. Vielleicht wird ein Gen aktiviert, epigenetisch.

Die Veranlagung zur Gleichgültigkeit haben wahrscheinlich viele, würde ich aus der Beobachtung schätzen. Dass sie im Normalfall inaktiv ist, lässt einen begeistert und motiviert an Chancen und auch an Herausforderungen herangehen. Wenn es dann nicht klappt, setzt Enttäuschung ein. So ist das Leben, damit muss man zurecht kommen. Ein Zuviel an Enttäuschung führt aber dazu, dass sie sich bei jedem neuen Versuch und jeder neuen Hoffnung schon gleich anfangs ins Bild drängelt. So täuscht man sich von vornherein immer weniger und geht schon teilenttäuscht an die Sache heran. Immer häufiger hat man schon zu Beginn im Blick, dass der eingeschlagene Weg womöglich eine Sackgasse ist, dass der Aufwand vergebens sein könnte, dass die Vorbereitung und Bemühung sich für eine Stelle gut zu präsentieren in einer Absage enden wird. Das öffnet der Gleichgültigkeit Tür und Tor. Als ein natürliches Sedativum legt sie sich schützend um die geschundene Seele. Das hilft für einige Zeit. Doch irgendwann muss man wieder Begeisterung aufbringen können, authentisch Interesse an einer Aufgabe zeigen und raus aus dem Rückzug. Mann, ist das anstrengend.

Unter der Gleichgültigkeit ist zudem ein ziemlich empfindlicher Bereich entstanden. Der mutmaßliche Lieblingschef hat nach 10 Tagen eine Nachricht geschickt. Man wäre noch dabei die Unterlagen zu prüfen, was mehr Zeit als erwartet beanspruche. Man bitte um Verständnis, dass die Entscheidung über ein mögliches zweites Gespräch noch Zeit brauche. Vielleicht ist das doch nicht der richtige Ort für mich, wenn man sich nach einem Gespräch wochenlang nicht mal für ein weiteres mit mir entscheiden kann. Nach dem Erstgespräch wieder in die Unterlagen zurückgehen und sie intensiv prüfen, habe ich noch nie erlebt. Weder als Bewerberin noch wenn ich selber Mitarbeitende gesucht habe. Nach einem Treffen sollte man einen Eindruck über die Person und ihre prinzipielle Eignung für die Stelle gewonnen haben. Für offene Fragen und tiefere Einblicke findet dann ein zweites Gespräch statt. Nun ja, hier nicht offenbar.

Vielleicht ist der Vorgesetzte doch nicht so vertrauenswürdig, auf meiner Sympathieskala geht es bergab mit ihm. Vielleicht bin ich auch etwas übersensibel. Ich beschließe, die Überlegungen nicht weiterzuführen.

Der Arbeitsmarkt boomt hieß es in einer Schlagzeile heute morgen. Nach einer Zeit gewisser Unsicherheit mit Pandemie, Krieg und Inflation sei die Zahl der offenen Stellen hier im Land so hoch und die der Arbeitslosen so tief wie lange nicht mehr. Das ist eine Nachricht ohne Stimmungsaufheller-Qualität, wenn es einem schon länger nicht gelingt, wieder am Markt zu partizipieren. Womöglich unterscheiden sich Maussein und Menschsein nicht so sehr im Ausgeliefertsein. Der Unterschied könnte sein, dass die Maus vielen verschiedenen Feinden unterschiedlicher Arten ausgeliefert ist und Mensch vielen anderen Arten von Menschen.

Wieder renne ich aus dem Ort heraus, jetzt ist Sommer, manche sagen endlich. Ich möchte, dass das mein letzter Lauf ist, auf dem ich über die vergangenen Schrecken nachdenke. Gestern kam der Entscheid des Gremiums, bei dem ich Beschwerde gegen den alten Arbeitgeber eingelegt hatte. Eine Ablehnung, die aufgrund der Nähe des Gremiums zum Arbeitgeber nicht sehr erstaunt. Jetzt muss ich mit der Anwältin klären, ob eine Klage sinnvoll ist. Für das Arbeitsamt hatte ich am Abend noch einen Einspruch formuliert.

Man will mir für den letzten Monat wegen ungenügender Arbeitsbemühungen, deren Genügen nicht definiert ist, die Zahlung kürzen. Auf meine Nachfrage, was genügend sei, hatte man geantwortet, das sei mit dem Berater zu klären. An die Absprache mit dem Berater hatte ich mich gehalten, was nun trotzdem ein Regelverstoß sein soll. Das kommt mir bekannt vor, im Zirkel wird man hin und her geschickt. Die Verantwortlichen findet man nie, die Regeln auch nicht und wird im Getriebe zerrieben. Man will Geld sparen bei der Arbeitslosenhilfe, damit es andernorts in großem Maßstab zum Versenken zur Verfügung steht. Eine eigene Logik.

Mentale Disziplin ist entscheidend, um aus so einer Sache wieder raus zu kommen und draußen zu bleiben. Das Karussell negativer Gedanken lässt sich durch positive durchbrechen und dabei muss man dann auch bleiben. Das Nötige so kurz und nüchtern wie möglich durchdenken und dann wieder auf das Gute, das Schöne schauen und dabei bleiben. Manchmal ist das kaum möglich, dann hilft es, den Körper in die Aufmerksamkeit zu holen über Anstrengung, Hitze, Kälte oder etwas Wohltuendes.

Wenn es emotional zu schwierig wird, helfen Gespräche mit vertrauenswürdigen Menschen und auch Therapeuten. Aber Vorsicht mit beiden! Sie können auch schaden, willentlich oder nicht. Letztlich gilt es, für sich selber herauszufinden, was guttut und sich konsequent dafür zu entscheiden.

Am Kräuterbeet läuft mir der Igel über den Weg. Vorhin habe ich ihn mit der Igelin noch unter der Terrasse gesehen. Vermutlich hat er ihr kleine Igel angehängt und macht sich jetzt aus dem Staub. Sie bleibt zurück, alleinerziehend und ohne jegliche Absicherung. Er merkt nicht so richtig, dass ich jemand bin, aber schon, dass da irgendetwas ist. Er schnuppert an mir und gibt ein paar grimmige Töne von sich. Ein leichter Schauer läuft über seinen Rücken, mit dem sich die Igelstacheln in einer Welle leicht aufstellen, als erstes Zeichen, dass er auch ungemütlich werden könnte. Ich versichere, in friedlicher Absicht und nur wegen der Kräuter hier unterwegs zu sein und er trollt sich ins Gebüsch. Kommunikation ist möglich, auch artübergreifend. Beide Seiten müssen nur wollen.

Weiterhin gibt es keine Einladung und kein Ende des Regens und kaum neue Anzeigen für passende Jobs und ich mag nicht mehr warten. Und wenn man auf etwas wartet, kann man auch schlecht nicht warten. Das Gefühl platzen zu müssen, kommt auf. Ich warte eben schon so lange. Darauf, dass man sich um den Vorgesetzten kümmert, der mich und andere terrorisiert und mit Kündigung bedroht. Darauf, diesbezüglich eine Antwort zu bekommen. Darauf, dass womöglich die

Drohung wahr wird und eine Kündigung kommt. Darauf, dass die Grenzen wieder öffnen. Darauf, dass die Geschäfte wieder öffnen und das Leben weitergeht. Darauf, dass ich keine Sorge mehr haben muss, mich wegen nicht-impfen-lassen verteidigen zu müssen. Darauf, dass es wieder bergauf geht. Darauf, dass eine Rückmeldung zu einer Bewerbung kommt. Darauf, dass ich eine Einladung zum Vorstellungsgespräch bekomme. Darauf, dass ein Entscheid nach dem Gespräch kommt. Darauf, dass es eine Absage gibt. Darauf, dass es gesundheitlich wieder bergauf geht und die Konzentrationsfähigkeit wieder da ist. Darauf, dass ich einen Therapieplatz habe. Darauf, dass die Kündigung aufgehoben oder zumindest die ordentliche Frist dafür eingehalten wird. Darauf, dass meine Beschwerde vom Aufsichtsgremium angenommen wird. Darauf, dass sie über die Beschwerde entscheiden. Darauf, dass man mich wieder für eine Stelle aufnimmt irgendwo und ich wieder arbeiten kann. Darauf, dass ich wieder aufgenommen werden und arbeiten will. Darauf, dass mir eine Idee für eine Alternative kommt. Auf Godot? Auf Regen. Darauf, dass der Regen aufhört. Darauf, dass die Sonne scheint, aber nicht zu viel. Nach vier Jahren sind die Ressourcen aufgebraucht und die Wartewirksamkeitsüberzeugung dahin. Die Gleichgültigkeit hat sich unmerklich breit gemacht und bleibt. Die Zeit vergeht, einfach so und ohne Zutun. Glücklicherweise nur für die Arbeitssituation, für all das Schöne sind die Sinne wieder offen und die Freude daran nach der langen schweren Zeit umso größer.

Die Getreidefelder werden schon goldgelb, klarblaue Kornblumen und tiefrote Mohnblumen sind am Wegrand und zwischen dem Korn zu sehen. Eine schöne Farbkombination. Es ist Sommersonnenwende, ab jetzt werden die Tage schon wieder kürzer. Der potenziell freundliche Vorgesetzte hat sich noch nicht wieder gemeldet. Ich mache mir nicht viel Hoffnung, schreibe die nächste Bewerbung auf eine andere Stelle und mache weiter. Das große und allumfassende Egalsein umhüllt mich.

Nicht unangenehm, eher erleichternd nach der langer Zeit großer Anspannung, die doch völlig sinnlos war.

Unbeeinflusst von meinem Warten wurden Entscheide nicht gefällt, Schutzmaßnahmen für die vom Vorgesetzten geschädigten Leute nicht getroffen, die Kündigung dennoch ausgesprochen unter Missachtung der Fristen, blieben Einladungen für Stellen aus und andere trafen ein, wurden dennoch immer Absagen erteilt. Irgendwann fand ich Therapeuten, ich wurde wieder gesund. Die Grenzen gingen zu und wieder auf, genauso wie die Geschäfte. Die Pandemie ging vorüber, so gründlich und im stillschweigenden Einvernehmen, dass man sich fragt, ob es sie wirklich gegeben hat. Einzig im Sprachgebrauch hat sie sich in Floskeln wie "vor der Pandemie" und "nach der Pandemie" als Zeitangabe für persönliche Chroniken noch erhalten, wird mit der Zeit aber dort auch verschwinden.

Am Ende verstand ich wieder mehr von der Welt, teils allerdings Dinge, die ich lieber nicht hätte wissen wollen. Hässliche Dinge über Menschen, Schwieriges über das Leben und darüber, wie Gesellschaften funktionieren und auch der oder die Einzelne wie ich selbst. Dieses Wissen ist eines, mit dem das Weiter nicht einfacher wird. Die Entfremdung bleibt. Ein neuer Umgang mit allem ist nötig und offen die Frage, wie das geht. Am Ende, nachdem diese üble Episode in meinem Leben also vorbei ist, fange ich von vorne an. Wo ich doch dachte, mit allem fertig zu sein, kommt der anstrengende Teil erst – was für eine Täuschung.

Auch der Regen ging vorüber am Ende, vielleicht kommt heute die Sonne wieder raus.